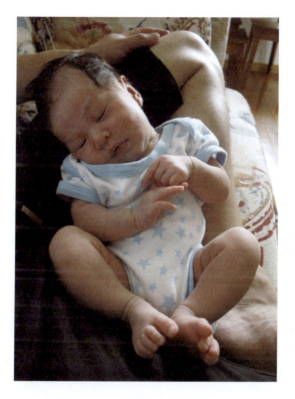

他们说这时的米兰，睡得就像一个佛陀。

100天, 米兰就梦想飞, 可是到现在还没有飞起来。

八个月开始，跟着爸爸妈妈出门看世界。

我的小伙伴泰迪熊。

我的大伙伴外婆。

在香格里拉画唐卡，好喜欢。

很想知道，这个破门打开，里面会有什么。

母亲节，幼儿园老师让我对妈妈说一句话，我说："妈妈你长得好好看。"

我的外公外婆。

我的小学是最好的小学，虽然有一点点破。这天，轮到我和爸爸站文明礼仪岗。

大米小兰

带 娃 亲 历 记

莫小米 著

上海远东出版社

图书在版编目（CIP）数据

大米小兰：带娃亲历记/莫小米著. 一上海：上
海远东出版社，2024
ISBN 978 - 7 - 5476 - 2002 - 1

Ⅰ. ①大… Ⅱ. ①莫… Ⅲ. ①随笔－作品集－中国－
当代 Ⅳ. ①I267.1

中国国家版本馆CIP数据核字（2024）第068278号

策　　划	黄政一
责任编辑	黄政一
封面题签	蔡米兰
篆　　刻	莫小不
封面设计	李　廉

大米小兰：带娃亲历记

莫小米 著

出　　版	**上海远东出版社**
	（201101　上海市闵行区号景路159弄C座）
发　　行	上海人民出版社发行中心
印　　刷	上海锦佳印刷有限公司
开　　本	787×1092　1/32
印　　张	10.25
插　　页	5
印　　数	1—3250
字　　数	151,000
版　　次	2024年4月第1版
印　　次	2024年4月第1次印刷
ISBN 978 - 7 - 5476 - 2002 - 1/I · 388
定　　价	68.00 元

序一　可恶的外婆

蔡米兰

人家都觉得莫小米是个好脾气的人，但我觉得我的外婆情绪管理很差。

有一次，我刚生完病，脑子有点废，数学考得不理想。结果外婆扯着嗓子骂了我三顿。后来外婆问我哪里有三顿？我说我记得清清楚楚。

第一顿是因为，我把"3＋2"答成了"6"；

第二顿是因为，我做一道图形题时，过程全对，但答案抄错了；

第三顿我忘了。

就说最近好了，外婆看一道数学挑战题，自己也想了很久。终于想了出来，就跑过来兴奋地跟我说说说说说。这时已经很晚了，我的脑子已经变成浆糊了，而这道题又不是必做题。我被她气哭了，她还很委屈，不知道我为什么会哭。

我小的时候外婆对我很好，我大起来她就越来越烦躁。妈妈说，她小时候都没有看见外婆这么烦躁过。

小时候外婆是不骂我的，但经常骂爸爸妈妈。骂他们给我衣服穿少了，又咳嗽了。其实我一点都不觉得冷，还觉得热呢。

上小学之前，外婆经常带我去浙江省自然博物馆和浙江省科技馆，再热的天，她也带着一件防晒衣，一进馆就帮我穿上，我玩得热死了，她也不让我脱。冬天呢，她一定带一件羽绒背心，一进馆就赶紧把我的厚羽绒衣脱掉，换上羽绒背心。她也不嫌麻烦。

其实是外婆自己觉得冷。我觉得，外婆心里有冰。

我放学基本上都是外婆接的。因为我视力变差，需要增加户外活动，每天放学后，我们还到六公园逛一圈。

外婆走路非常慢，一路上电瓶车呼呼地驶过，像风一样快，后面电瓶车喇叭响起来时，外婆就呆立在路中间不知道往哪边躲，全靠我把外婆拉到边上。如果不是我机灵，外婆被车撞倒100次都有了。

外婆平时都不烧饭的，煎饺和拌面就可以了。最近烧了几顿饭，她就说手酸死了，明天点外卖吃。

三年级作业多了起来。我说："能回到一二年级就好了。"外婆说："你的一二年级已经一去不复返了。"妈妈说："那世界上什么事情都是一去不回的。"我说："当然有回的，我作业交上去，老师发回来让我订正，不是就回来了吗？"

外婆动不动就被我怼，她说一句我怼一句。外婆说："以后我死的话，一定是被你怼死的。"我说："以后我死的话，一定是被你气死的。"

总的来说，外婆最大的缺点就是不知道自己的缺点。

妈妈让我说一点外婆的优点，我想了半天想不出。

就这样吧。

序二　当文艺女青年变成外婆

章衣萍

"你当年都没有好好管过我！"

"那你生个娃，我来管，让我弥补你一下。"

娃说来就来。一声啼哭，我成了妈，莫老师成了外婆。

育儿经验是零

米兰是半夜出生的，第二天清晨，月嫂还没来得及赶到，爸爸和外婆手忙脚乱地在护士的指导下带娃。

"护士，我家宝宝怎么没呼吸了！"外婆突然冲到护士台。

"没事，她只是睡着了。"护士看着熟睡的米兰和紧张的外婆，哭笑不得。

没错，我妈虽然有个女儿，但她的育儿经验是零，我能顺利长大也是个奇迹。

我出生那一年，国家恢复了高考。在 8 个月的时候，我就住到了外婆家，自此我妈一边上班一边沉浸式的读书备考，专注写作，蜻蜓点水般带娃，育儿常识早已归零。

"湿疹怎么护理？什么时候开始吃辅食？如何判断小婴儿冷热？"接下来的日子，我负责从书本和网络上查阅育儿知识，再教给外婆。外婆很快进入角色，认真地学习，一丝不苟的执行，专注程度不亚于审一篇稿子、玩一局游戏。

很快，我的产假结束了，莫老师离开了报社，开始了全职带娃的日子。每天带着米兰逛小公园，和其他的宝妈、外婆、奶奶聊育儿经，全身心带娃，享受着米兰外婆这个新身份。

有一种冷叫外婆觉得我冷

"啊！你们只给她穿了那么点！"

"不冷的，你摸摸小手热乎乎的！"

这段对话，几乎每天在我家要重复一遍，甚至几遍。

我和外婆育儿观念基本一致，除了一件事情，给米兰穿什么。

小婴儿怕热，我根据当天的最高温度来安排给米兰穿什么，外婆怕冷，根据当天最低温度来安排给米兰穿什么。这决定了我和外婆的穿衣参考，永远差十度。

"外婆，米兰这样是不是穿多了，背上有没有汗？"发在"家庭群"里的照片，我第一关注点不是米兰的表情，而是当天穿的衣服。

好在有一个折中的办法，就是小背心。家里的小背心有各种材质的，单层的、夹棉的、毛线的、羽绒的，用于应付一年四季。我带的时候敞着穿，外婆带的时候扣得严严实实。

转眼米兰已经上了三年级，自己的主意已经很大。在寒暑交替的季节，争论到穿衣问题，就大声宽慰外婆："不冷的，我在班里快热死了。"外婆只能悻悻作罢，但下次依然不改。

"你们怎么搞的！"

周一到周五，我和米兰爸爸上班，米兰基本归外婆负责。周末外婆休息，米兰归我们负责。周一早上便是我们的交接班时间。

米兰3岁时，生了一次肺炎。接下来的一年，便反复感冒、发烧。外婆听不得米兰一声咳嗽，每次周一交接班，只要米兰咳上几声，她就愤怒加紧张地说："你们怎么搞的，周五还是好好的！"

外婆带娃，全程主打一个紧张和精细。

一天要摸无数次小手确认冷热，一年四季出门永远要带上外套。

吃饭要用四个勺子。有喝汤的勺子，有吃鹅肝或鱼肉的勺子，有吃米饭的勺子，还有一个勺子协助将食物分成小块。吃面需要两个碗，一个碗放面，一个碗舀出一勺面用来放凉。

再大一点，在全家吃饭前要先给米兰吃肉，肉给撕成小条小条，外婆盯着她一条条吃完，完成了当天的蛋白质摄入量，才长出一口气。

"妈妈对不起，外婆罪该万死！"

米兰一岁时，我正在上班，外婆在微信上突然发来如此吓人的话。

并不是什么大事。米兰屁股上长了湿疹，外婆不让她抓，结果，她一边麻溜地爬开，一边猛抓屁股。等外婆的老胳膊老腿追上米兰时，她已经把两个屁股蛋子抓得好像被打了几鞭子，鲜血淋漓。外婆万分愧疚，甚至用上了"罪该万死"这样的可怕词汇。

祖辈带娃，除了隔代亲的溺爱外，还有"出了事怎么交代"的心理压力，我能理解我妈。

第一次见我妈如此生气

米兰二年级下的一个晚上，回到家发现我妈脸色不对，面色凝重发红，话都说不利索。

我妈写了40年的"小鸡汤文"，又做了十年的《倾听版》编辑，阅人阅事无数，这种情况我几乎是第一次见，什么事情让她那么生气？

原来当天米兰作业做得非常不理想。听写完美地把所有的"b、d"写反，数学十题错五题。

自从米兰上了小学，外婆就接过工作日的"鸡娃"重任。"钉钉"打卡确认，上传作业都很麻溜。每天回家盯着做作业，晚上帮着查漏补缺。

　　外婆每天的情绪直接与米兰的作业、考试成绩紧密挂钩。曾经是"学霸"的外婆，无法理解也无法接受为什么米兰会把乘法看成加法，把"山"写成"出"，把答案算对却最后抄错，于是就有了文中的那一幕。

　　怎么宽慰都没用，那一晚外婆情绪崩溃，无限悲观。或许米兰需要看病，外婆也需要看病，我给米兰挂了省儿保学习障碍相关科室的号。第二天，外婆带着她去做了一堆测试。米兰智力正常，专注力正常，在医生的科学讲解（宽慰）下，外婆总结了过往"鸡娃"的不足之处，调整相处方式，情绪日趋淡定。

　　一晃进入三年级，外婆和米兰都在成长，米兰的英语水平已经超过了外婆，个子也到了外婆的鼻子尖，外婆认真地学着米兰的数学和语文，钻研起她的数学难题比米兰更有兴致，自认可以借此避免老年痴呆。

至于我和米兰之间，外婆更爱谁呢？

一次，米兰在运河边骑滑板车，直冲着河沿飞去，情急之下，外婆脱口而出："章衣萍！"

在外婆的潜意识里，我还是排第一位。

目　　录

金牌嬷嬷……………………001

渐醒人………………………005

越狱…………………………009

婴儿肥………………………013

怕怕之谜……………………017

亲手…………………………021

熟人…………………………025

做有用的人…………………029

阅读的起始…………………033

你不懂我的心………………037

走开 ································· 041

长记性 ······························ 045

一模一样 ··························· 049

睡不着 ······························ 053

爸爸妈妈不在家 ················ 057

恐怖片 ······························ 061

人机大战 ··························· 065

不够着 ······························ 069

榜样的力量 ······················· 073

好玩的 ······························ 077

小时候 ······························ 081

小点 ································· 085

时间是什么 ······················· 089

去远方 ······························ 093

飞翔 ································· 097

读书心得 ··························· 101

走啊，走 ··························· 105

小忧伤 ······························ 110

好玩具 ······························ 114

丫丫一班 ··························· 118

三岁以上 ················· 122

演出开始了 ··············· 127

三叶虫的传说 ············· 132

同上幼儿园 ··············· 136

单飞 ····················· 141

探险 ····················· 146

上课啦 ··················· 151

三叶虫是什么人 ··········· 156

变成公主 ················· 161

小英雄 ··················· 166

一天一天长大了 ··········· 171

我有多美 ················· 177

上培训班的孩子 ··········· 182

世界充满爱 ··············· 188

生病游戏 ················· 194

蓝色抹布 ················· 200

王宫记事 ················· 206

寻找玩伴 ················· 213

感同身受 ················· 219

早教两年记 ··············· 225

外婆家⋯⋯⋯⋯⋯⋯⋯234

新闻联播⋯⋯⋯⋯⋯⋯241

虚拟世界⋯⋯⋯⋯⋯⋯247

毕业歌⋯⋯⋯⋯⋯⋯⋯254

开学了⋯⋯⋯⋯⋯⋯⋯260

校园深深⋯⋯⋯⋯⋯⋯267

差点没头的尼克⋯⋯⋯273

一句话筑城堡⋯⋯⋯⋯279

错错错⋯⋯⋯⋯⋯⋯⋯285

同窗好友⋯⋯⋯⋯⋯⋯291

天地万物⋯⋯⋯⋯⋯⋯298

后记　所谓早教⋯⋯⋯304

金牌嬷嬷

　　我说的金牌嬷嬷，是个眉眼清秀、皮肤白净的月嫂。

　　月嫂是专门照顾新生儿和产妇的，当宝宝刚刚降临人世，遵医嘱尽早开始哺乳，新晋奶奶和外婆手忙脚乱，将乳头朝小嘴里塞，怎么也叼不住。这时早就"预订好"的月嫂火急赶到，三秒钟搞定。简直是神一样的救场，顿时觉得付出的高薪值了。

　　月嫂的每月薪水，目前市场价 8000

到1万元之间，"金牌月嫂"还要高些，但物有所值。我算给你听，第一，她不下班，24小时在岗，晚班尤其忙碌。第二，她就像"卖身"一样，这一个月，她和产妇、新生儿一起，禁足"深宫"，把自己的家庭完全抛开，牺牲之大，令人感动。

月嫂跟保姆完全不同，保姆是听东家指使的，做这做那，月嫂是指使人的：外婆，那个东西拿过来！爷爷，去超市买啥啥！客人来对着小孩拍照，对不起离远点！产妇发条微信，手机放下！必须的！

月嫂在家里是一人之下万人之上，宝宝便便了，月嫂前去换尿片，后面跟着一串人，有端着温水的，有递上"红屁股"膏的，有打开尿不湿的……

月嫂是"超人"，晚间要随时能醒来，也随时能入睡，否则精力怎么够？为孩子洗澡加抚触，从头到尾一手托人，一手操作，脐贴、棉签、纸巾、按摩油、万能膏，一溜排开，眼花缭乱。

月嫂是"万宝全书"，新生儿黄疸，到药房买点茵栀黄来；湿疹，金银花加绿茶水洗澡，紫草橄榄油熬制涂抹……有状况她就有答案。月嫂是鸟语者，听得懂婴儿的哭声，代表各种不同诉求。她哄孩子有十八般武艺：唱歌、背诗、口哨、口技……所有小动物的叫声都能模拟。

月嫂很权威。宝宝有点啥状况，月嫂说没事儿，大家放下心来，月嫂脸色一凝重，大家心提到了半空。有得依赖，就靠上再说，人就是这么懒。所以眼看预定期满，大家央求，阿姨再留几个月吧。仿佛月嫂一走，天要塌下来了。

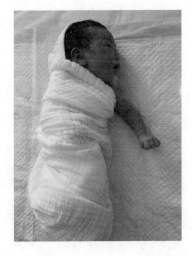

最先提抗议的是宝宝，满月之后她就各种"不

乖"，出月的新妈妈也开始动脑筋体会宝宝的需求和习惯，然而金牌嬷嬷仍是那么强势，按着她惯常的一套来做。她无疑是一个称职的月嫂，但她永远不能与母亲相提并论。于是龃龉产生了，最终金牌嬷嬷被"逐"出"深宫"。

龃龉产生表明母亲和婴儿的成长，这是最好的结果。

渐醒人

渐醒人，是相对于渐冻人而言的。

渐冻人发现自身的功能一点一点消退时有多少沮丧，渐醒人发现自身的功能一点一点苏醒时，就有多少喜悦。

这喜悦是隐秘不为人知的，因为他只能感知而无法描述出来，等他能够描述时，那一段渐醒的伟大历程，他已经全部忘光了。

彼时，他尚处于完全的黑暗混沌之中，就像种子埋在土里，虽然已经有了将来长成参天大树的一切基因，但他还在沉睡。

　　他的听觉、视觉、触觉、味觉……渐次醒来。自不知起始的远方，一步步走近。比如视觉，起初他只看见黑白两色，这足以令他凝神。发现世界加入了鲜亮的红色，他高兴得手舞足蹈。当移动的物体进入视线，最初的好奇心随之产生。

　　继而，他的手和脚、头和臀，渐渐听从自己，探索开始了……

　　渐醒人很努力，当他意识到自己总是仰视天花板无聊至极时，就想翻天覆地。他左右反转看看究竟朝哪一边更有把握，然后就开始"强攻"：一次，两次，第三次把小腿甩得更用劲，几乎要翻转又跌回，他借着倒下时的弹力立即再发力，成功！

渐醒人很聪明，当他学习爬行时，你仔细看，他的双手和双腿总是交替前行，移动一只胳膊和另一侧的腿，绝不是同脚同手。教过吗？怎么教？那些学会直立行走的人，早已忘了当初是怎样爬行的，你让他再爬一次试试，他多半是同脚同手。在渐醒的阶段，人人都是天才，无师自通。

渐醒人亟需鼓励嘉许。他完成了某项探索，必会四下寻找观众，如果有人给他微笑，给他喝彩，他会不知疲倦再接再厉。

但渐醒人也会发懒。一件事当他学会了，有把握了，便不似当初勤谨，懒懒地趴会儿吮吮手指享受享受，诡谲地朝你笑，反正我会了，想做就做。

晴好的日子，渐醒人和渐冻人的轮椅在湖畔相遇了。

渐冻人 80 岁，渐醒人八个月。

老婆婆中风后又患老年痴呆，不属医学意义上的渐冻人，从渐渐丧失能力的角度说，也是一种渐冻吧。渐冻是退出世界的前奏。

老婆婆看到人，伸出唯一能动弹的手，"啊啊啊"地喊，声音有些恐怖，加之口鼻歪斜，游人都避之不及。有人好奇地握了下她伸出的手，她立即紧拽不放，那人脸色都变了。

只有渐醒人——小婴儿朝老婆婆咯咯地笑。

老婆婆伸出手，"啊啊啊"地召唤，小婴儿伸出粉嫩的小手，被老婆婆一把拽住，大家都愣住了。

没想到老婆婆轻轻托起小手，贴了一下自己的脸，一滴泪从眼角流出。小婴儿仍然笑着。

看呆了。渐冻人和渐醒人，在生命的隧道里迎面相遇，似乎彼此懂得。难不成，他们竟有密码相通？

越狱

阳光明亮，斜斜地照到她的小床，忽然发现，床栏横档上，隐隐约约，有垂直的爪印、齿痕，小鼠抓挠啃噬过一般。

恰如监狱内墙上的诗和字，以及各种各样身体与工具摩擦产生的痕迹，都表达着一个声音——我要出去！

刚来到人世时，她是深陷"囹圄"的，从子宫到褴褓。当她终于有了些许行动能力，便成天想着越狱，她的心思一望而知。

　　第一步，她一连几个翻身，想要突破宽广的大床世界。大人看穿了她的小心计，将床垫直接放地板，床垫周围铺好爬行垫，她果断行动，直接滚下床，觉得没啥难度，兴奋得手舞足蹈。继续翻滚，被一圈矮栏杆挡住，换个方向翻滚，还是栏杆，"唉……"她发出长长的叹息声。

　　很快这矮栏杆就挡不住她了，她会抬起身子趴着栏杆张望，会坐起来试图破坏篱笆，外面的天地很精彩，不如为她开扇小门吧。

她便有了"放风"时间。发现小门，她表情迷惑，犹豫着进退不定。直到看见小门外有双大船一样的拖鞋，才飞快地爬了出去。她并不是真的喜欢"大船"，喜欢的是拖鞋上一粒橙色的纽扣，扯住研究了好久，再用舌头舔牙齿咬，拖鞋头一摊口水。

第一次"放风"时间不长，她被捉回来时，手脚乱颠，显然心有不甘。

从此，她对围栏里的天地失去了兴趣，玩具算什么，她的心思都在寻找那扇小门上。

探索与发现，就此开始。大包尿不湿、垃圾桶、摇摇木马、电子台秤，甚至木地板上的花纹，在那些百无聊赖的日子里，她都已觊觎过多次，如今终于可以抓挠触碰，发出窸窸窣窣或吱吱嘎嘎的声音。就说台秤，"你们三日两头地抱起我站到上面，究竟想干什么？"小手一按，一串数字飞速跳动，大笑。

白天其实没啥，任由你爬到天尽头，有"看守"严加防范。怕的是黑夜，夜深人静。她穿着长睡衣，那几天发湿疹，为防止抓挠，还被戴上了白手套。

管孩子的父母总是缺觉的，沉沉睡梦中，传来清晰的啃噬声，一睁眼，一双白手在挥舞，一颗小脑袋伸出来，正在她的小床头磨她刚刚长出来的两颗牙。连惊带吓，瞌睡完全醒了，没有一点点防备，怎么她，忽然就站起来了呢。于是连夜加高床栏。

去爷爷家，21楼，溜光水滑的地板，爬起来实在太快，溜冰一样，爬出客厅，沿着过道，爬上两级台阶，登上了露台，阳光和花香让她激动万分，要飞起来了。她不到十个月大，仅仅会爬到她想去的任何地方，然后扶着东西站起来。而露台是敞开的，栏杆较高，应该无虞？

可是谁敢低估他们的能量？要不，怎么会有疏忽的成人，让孩子飞出去酿成惨剧？记住，你永远挡不住孩子的脚步，永远挡不住他们想越过篱栏的心。

婴儿肥

牛肉、鹅肝、三文鱼、奶酪、土豆、洋葱、西红柿、青花菜……

做西餐吗？家里来了客人？

食客，只是一个小婴儿。

去皮，滤油，挑筋膜，切小粒，蒸煮，打成泥，拌入米糊。

小食客长到这会儿，有想法却说不出，你不懂她意思，一味地喂喂喂，她好好儿吃着，突然"啪"地一掌，打落你手中小碗，手上桌上都是糊糊，然后是脸上，头发上……

是不爱吃？是吃饱了？还是渴了？或只是坐烦了想活动下身子？世界上最远的距离，是你和她面对面，却不懂她。

11个月前她出生那一刻，医生拍一下小屁屁说："六斤半，标准。"

十天了，有个小姐姐来探望，小姐姐六个月，20斤重，她仰望小姐姐，俨然伟岸巨人。她呢，其时体重尚未恢复至刚出娘胎的六斤半，直到今天，也没能长到小姐姐六个月的体重。

今天称称重了二两，明天称称又掉了三两，抓狂。称重之频繁，堪比春末夏初的瘦身女子，常见她们在网上晒其曲折艰难历程，今天去除一斤，明天又回来两斤，抓狂。

公园的小婴儿聚集地，最常听到的对话是："你家宝宝几个月？多高？多重？"仿佛日后的"你家孩子几年级，考了多少分？"

"我们早上 210 毫升奶粉，一个鸡蛋一碗瘦肉粥……"众人羡慕地看过去，奶奶怀里，果然大胖小子一个。眼见自家娃不如邻家娃，大人急啊，回家努力喂食，唱歌跳舞做游戏扮小丑，想尽办法饲进一口是一口，就像报儿童兴趣班，多报一个好一个。

其实刚出生时，在吃这件事上，小婴儿的自主权倒要大得多。一开始她那么贪心，使出全身力气，小手呈兰花指状，十个脚趾全部勾紧。吃饱了，她头一扭，你怎么塞也白搭，一副万分嫌弃的表情。你再塞，她会喷出来，让你再也不敢造次。不由感叹造物主的仁慈，在她啥也不会表达时，给了她办法——母乳中的饱食因子，就像自带计算机，热量够了，就能发出饱足信号，让她知道拒绝。

母乳的神奇还不止于此，它会变，婴儿饥饿时，它富含高热量，渴了或者仅仅是想得到安抚，它就转为低热量。因此一旦断奶，"婴儿肥"很快就消失了。喂奶粉的妈妈，留心更多的是奶瓶上的刻度，多喝一格就是成就，于是在不知不觉中打破了饱足控制线，"婴儿肥"或许会长久陪伴她，日后长成小胖子、大胖子的可能，就在这时埋下伏线。

这种小婴儿的饱足感，倘若一直能有该多好啊，世界上就不会有那么多的胖子以及减肥的烦恼了，可惜，这是某些大孩子和成人永远也学不会的，贪得无厌，不仅仅是在吃这件事情上。

怕怕之谜

　　和她一起来到家里的，有两把小凳子。一把木头的，一把塑料的。

　　木头的普通、敦实。塑料的红绿相间，轻巧，可折叠。

　　十月龄，她有了第一双可落地的小皮鞋，也有了脚丫子臭，坐在木头小凳子上洗脚，踢一地水，开心。

　　塑料小凳子却不肯坐，连触碰都不敢，仿佛那是一头怪兽，害怕得大哭。

　　小床的床帷子上有七个葫芦娃，百

看不厌；拨浪鼓上的图案也是葫芦娃，却见不得，听不得，"咚"地一声，哭。半岁过了，应该不怕了？试着"咚"一声，又哭。

毛绒小鹿，深棕浅棕纹，乌溜溜大眼。小的时候（三四个月），是她最爱，半夜大人醒来，发现她咿咿呀呀，跟小鹿讲话。忽然有一天她惊惶不安，指着一处哭，竟是小鹿。儿时好伙伴，什么时候闹翻的？

你怕的，她不一定怕，她怕的，你永远猜不透。在社区小公园，看人打乒乓球，她的眼睛转来转去，人家叫"好"，她也叫"好"。几个小男孩踩着滑板车"嗖"地飞过，她兴奋鼓掌。初夏，雨后，微风，微凉，微香……

就在此时她哭声大作，惊恐万状。被虫子咬了？哪里不舒服？被什么吓着了？看周围，都好好儿的，莫非是那个轮椅老人？可她刚才明明还朝他笑着挥手。

幸好不多时，她止住了哭，小手拍拍自己胸脯，表示吓着了，也表示，不怕了。过去时的。

可是我们百思不得其解，刚才的惊恐，究竟是为什么？只能是个永久的谜吧。

三毛的歌词："当时实在年纪小，我的愁我的苦，妈妈，你不要以为它不是真的……"

外婆的记事之初，有一件十分悲伤的事情。《小朋友》杂志的中页，拆下来，按虚线剪开，折叠、装订，便成为一本三厘米见方的小小书。因为是和妈妈一起做的，便天天放口袋里。后来经不住诱惑，和邻家小孩换了个气球。气球很快玩坏，小姑娘把坏气球皮藏在裤袋里很久，拿出来看一眼，就泪如泉涌，觉得愧对妈妈。

可是更早些的情绪，就只有天知道了。尚未被"早教"玷污的孩子，与远古的孩子一模一样，有着灵智生物属于内心的秘密。稍长后父母说给我听的，都是他们分析出了原因的，比如清早起来看着桌上一堆枇杷核哭，等等。

最近看见"读小库"做的童书《波米诺好害怕》："波米诺躲在蒲公英下，他好害怕，他害怕夜晚的角葱，他害怕蝴蝶，这些小家伙真让人不放心，他害怕雨水，会把所有的色彩冲走，或者突然之间整个世界都颠倒了过来，他害怕他不在的时候，会有人占了他蒲公英下的宝地，他害怕自己是一个茶壶……"

这个，离小婴儿的怕怕，会不会近一点点？

亲手

　　她趴地板上，撅着屁股，手里捏块小布，一下一下地擦。

　　她擦得那么专注，茶几底下，沙发拐角……惹得她的母亲忍不住文配图发朋友圈："我家新来的钟点工，好勤快，就是年纪实在小了点。"

　　很多点赞加评论，最有趣的一句是："报警，使用童工！"最到位的一句："人之初，性本勤。"

　　才一岁一个月，人之初啊。

之前，至多是具有人的雏形而已，将她搁哪儿就只能待哪儿，过着饭来张口、衣来也伸不了手的迷茫日子，现在嘛，人之初了。

苦于不明白她的意愿，教她说一个"要"字。"要不要？""要"。"要不要啊？""要要要。"反反复复。

她终于学会了，说出来的，却是"不要。""不要不要不要……"原本最爱吃的食物，挥舞小手，"不要不要不要……"扶她走路，拼命挣脱，"不要不要不要……"直接摔了。

平时哭哭笑笑蛮随意，"不要不要"起来，是那么执拗。

育儿专家说，不要，就是不饿，不要强迫。好吧，可事实并非如此，整个上午走到根本停不下来，刚上餐桌时明明是饿急的，为什么才第一口，就"不要不要"地吐出来了？

她吐在面前的小桌板上，开始用手扒拉，菜、饭、牛肉粒、土豆粒，一点一点地扒拉明白了，捡起来，塞嘴里。原来不是不要吃，只是不要你像从前那样地塞给她，她要亲手吃。

最希望拿勺子吃，可是技术尚欠火候，挑得桌上地上衣服上 99％，吃到口里 1％，就算成功。所以每餐必嚷嚷"玉米"，到手方止，这是她目前最能亲手驾驭的食物。

临睡刷她的七颗牙，没完没了地刷着玩儿，你若强行拿走她的牙刷，会伤心大哭，她要摇摇晃晃走到洗脸池边，踮起脚把牙刷放水池边。她要亲手放。喝完奶，要亲手盖上奶瓶盖子，为此喝奶时就紧紧地捏住盖子。就连换下来的纸尿裤，都要亲手捧着去扔。做完这些她会回头冲你笑。"人之初，性本勤。"源于好奇心和成就感。

亲手带来了无穷无尽的危险，这个世界有着无数的宝藏，每个柜门她都想打开，每个抽屉她都想翻看，每个插孔她都想抠一下，她的手指头，刚刚和插孔大小配套。于是这个家里有了严密的防御措施，有时也网开一面，留个把抽屉柜子供她打开。

她急欲亲手触碰把玩的东西，不包括旧玩具、新玩具，包括西瓜、蔬菜、扇子、雨伞、鱼缸里的鱼、晾衣杆、洗完待晾的衣服、收下来的衣服、各种包袋拉链、各种按钮充电线、各种遥控器、iPhone、iPad……

她要亲手玩这个世界。

熟人

　　爸爸一再说她最早的笑容是对自己的，他冲到小床边喊："我是你爸爸!"她就笑了，此刻她降临人世才八个小时。

　　舅公纠正：她朝我笑时，才六个小时! 舅公家住产院对面，天微微亮，来送早点。

　　这是一桩无头公案，只有她心里最清楚，或许她完全不清楚，她只是笑了。

　　所有人在婴儿时代都是爱笑的天使，无论对亲人、熟人还是生人，她都会笑。这种阳光明媚的笑容让人心软，籍以保护弱小的自己。世上有不爱笑或者不会笑的人，都是后来的命运变故所致。

最初遇见这对爷爷奶奶时，她才两个半月。

过了立秋，杭州仍然是夏天，运河边的游步道上，她躺在婴儿车里，小脚裸露在阳光下。

正是见谁都笑的月龄，她就这样朝爷爷奶奶一笑，算是认识了。

爷爷奶奶放下手中篮子，把小人儿看了又看，说，袜子还是穿上好，秋天，不一样了。爷爷说了很多小儿中医理论。篮子里的小猫从一块蓝印花盖布下露出头来，"喵喵"地叫唤。奶奶呼应小猫，音质悦耳动听。

爷爷奶奶皆眉目清秀，身板挺拔，银丝不乱。爷爷是老中医？奶奶是文工团？瞎猜。

隔两天，又遇到了。哎——好，袜子穿了……好像紧了一点？小胖腿勒着了。她长得快，宽松点好。容易掉？掉了再穿么。

爷爷奶奶不是在隐晦地批评大人懒么？会心一笑，她也笑。

她渐渐大了，从躺着变成坐着，迎面遇上婴儿车，会伸出手去，试图拉小朋友的手。有的小孩会缩手，有的大人会鼓励，也有人受惊似地将自家宝宝的手一把拽回。"媳妇说了，当心手足口病！"她遭遇了最早的人际挫折。

第二年的夏季刚刚来临，和煦的阳光换上了"烧烤"模式。她早早地出了门。

刚走到运河的入口处，迎面遇上了老熟人爷爷奶奶。她舞动小手，奶奶说来啦来啦，爷爷掏出个东西，将裹着的纸巾一层一层打开，一个粉红色的兔子玩具，极小巧，上好发条，在爷爷手掌上就翻起了筋斗。

爷爷说，是我孙子玩过的，孙子 12 岁了，跟父母在国外生活。奶奶说，放心，消过毒的。

在见谁都笑的时光里，她看到的其实只是些会动会发声的人脸图案，老少美丑皆不知。当她终于把人一个一个辨认出来，并知道了那是妈妈、爸爸……就有了生人和熟人的区别，要打量一番。

运河边的秋阳下，又见爷爷奶奶，她一怔，谁呀？掏出随带的粉红发条兔给她，她立即笑开，原来是熟人。

做有用的人

　　她长到一岁多，对小小的家庭环境已烂熟于心，客厅卧室，厨房卫生间，鱼缸和花盆，包括大床小床的布局。半夜醒来，都能准确地摸索到安抚奶嘴，嘬上，复又睡去。

　　熟悉环境是动物本能，熟悉了才能适应，适应了才能生存。

　　她还不会说整句的话，但听得懂，凡大人中有谁提到要外出，她立即接上茬："走啊。"接着把各人的鞋子提到各人面前，爸爸偌大的户外鞋，重量快赶上她体重的三分之一了，照样提。

快开饭了，她忙得不可开交，要洗手，要拖好高脚儿童椅，要到自己的消毒柜里拿勺子，当然，是扯着大人一起去，她踮起脚还够不到消毒柜。儿童椅的小桌板看大人翻过很多次，她想自己试一试，打在下巴上，肿了好几天。

大人漫不经心说这说那，她竖起耳朵注意听，大人做事，她注意看，听懂看懂了的，立即投入行动。阿姨给金鱼换水，她马上指着某个抽屉示意外婆，喂鱼。

阿姨的手机总是放在很高的酒柜顶上，总是调成震动。阿姨在厨房搞卫生，手机震动起来。"阿姨阿姨。"她急急忙忙去敲厨房门。阿姨出来，她遥指酒柜顶。阿姨笑说："不用看，是推销短信。"外婆说："阿姨你看一看吧，"让她觉得自己是个有用的人。

出生头几个月她是无知无邪的自发性笑容，稍大她有表示高兴愉快的笑，"咯咯"有声，现在她15个月，多了一种笑，侧着头看你，带点得意，带点狡黠，表明她做成了某件事，或者，是搞破坏成功了，

觉得自己很厉害。

　　跟父母外婆海岛旅行，本来订的是两个标间，酒店临时给换了个跃层套房。爸爸妈妈上楼看房间去了，外婆急着研究电磁炉烧开水，给她冲奶粉。

　　此时她留意到了她最喜欢玩的楼梯，惊险的一幕上演了。

　　她其实还不具备独立上楼梯的实力，在运河边，在超市，总是要攥着大人的手，上上下下，玩到停不下来。而此刻，她想给我们看看她的厉害，不惊动任何人，一声不响地往上爬。

　　究竟爬了几级？是个永远的谜了，反正等爆发出哭声，外婆赶过来时，目睹小人儿正一级一级地向下翻滚，吓得魂飞魄散。

还好，她在离地两级的时候被镂空的栏杆卡住了。翻检全身，只有一些皮外伤。

阅读的起始

长到 16 个月，她的新爱好，是让大人抱起，站在书架的半腰处，将书抽出一本，扔掉；抽出一本，又扔掉……几米扔掉，朱德庸扔掉，《花园小象波米诺》扔掉……直到扔得满地都是，直到她手里有了一本。

她说一声"好"，表示这本是她想看的。扭着身子要下来，趴地上，开始翻阅。

也许你一生博览群书，若问你阅读

的起始是什么样的？你我读的第一本书是什么书？多半答不上来。

也许你会说，第一本书是用来撕的，对极了，她在没攀上书架之前，已经撕过很多本书和杂志。后来爱上了撕报纸，动静更大，更轻松，哧溜，哧溜，片刻小手黢黑，满室狼藉。特不爱撕广告纸，硬韧，割手，足见商家的苦心。但撕书，毕竟算不上阅读。

也许你会想起你儿时记忆中的第一本书，但那应该不是第一本，第一本你是记不住的，冰心回忆五岁读《三国演义》，一定不是她的第一本书。

"早教"是个大市场，"早教"的书各种花式：有用布做的撕不烂的书，夹层衬有塑料纸，可以弄出悉悉索索的响声；有各种形状图文小卡片，有些还标英文，一串串一提提；最开眼界的两大本，号称可以有意义地撕，沿虚线撕下来，按图示折几下，就是一种动物，那些折纸动物大同小异，连成人都要参考文字才知道是啥玩意，她怎么撕得准？哪里辨得清？于是很快成了一堆碎纸。

令人惊讶的是，在阅读的最初阶段，她对这些专供小人的"书"完全不感兴趣，搓揉一下就扔，她感兴趣的，是书架上的书，对了，就是大人看的书。薄薄的纸，一页页翻，哪怕是沉闷的文字她也要学大人的样子，一页页翻，翻到一只猫就兴奋地说，"猫咪"——她看懂了！

放回书架，她常指着那里说："猫咪！"

最初的阅读，不要抽象不要虚构不要想象，更不需要成人煞费苦心制作的花里胡哨、鲜艳的、夸张的、有声的、立体的……那些不只是玩具吗？最初的阅读，是把她刚刚认识这世界上的物事，在一本真正的书中找到了，惊喜莫名。

满16个月那天，她从书架上选了一本又厚又大的书，趴地板上从头翻起，手指头点点戳戳，口中念念："妈妈，妹妹，香蕉，勺子，叉子，鞋子，袜子，围兜兜……"

一面模仿插图上小婴儿的表情，咧嘴吐舌，各种搞怪，沉迷了好久。

这是一本妈妈经常在翻看的育儿书。

你不懂我的心

这一天，是她的考验日。

18个月，一岁半，需要接种第二针麻疹疫苗，第四针百白破疫苗，还要接受包括验血在内的体检。也就是说，这天她要被针筒戳上三次，左臂、右臂、手指各一针。

记得上一次同时打两针，还是一岁不到，直哭到屋顶掀翻。

令人讶异又欣慰的是，这天她竟然不哭。还指着小朋友说："弟弟，哭。"

打针不哭了，换别的哭。

公园里有座小山，窄窄的石阶，两边都是灌木。她喜欢让大人扶着走台阶，走到一半蹲下不走了，上上下下的人很多，挡了别人的道。要下去吗？不要！继续上？不要！究竟要啥，吃果果？不要！喝水吗？不要不要！她有点火了。

大人没辙，一把将她抱起。她大哭，嘟哝不清地说"阿姨阿姨"。

原来那级台阶一角，有小小的一片青苔，绿茵茵的，有两粒紫色浆果，还有几只蚂蚁，她被这番美景吸引住了，想停下观景，你硬将她抱开，她岂不哭？口中说的，正是"蚂蚁蚂蚁"。

这是后来实地勘察加猜测的结论。

冬天，她在运河边晒太阳，感冒发烧的爸爸也出来晒太阳。外婆有意带她离爸爸远点，说我们去玩小桥吧。玩小桥是她的最爱，扶着桥栏自己走上走下。她顺从地来到小桥边，走了两阶，眼眶却红起来，回头看爸爸，爸爸也正远远看着她，眼泪滚滚而下。爸爸无比得意：小情人嘛。

以前是不舒服哭，现在哭，是因为你不懂她的心。大人努力揣摩，却总是跟不上她的思维。

吃饭时，她连说带比划，大人听不明白，拿这样那样的东西给她，她气急。最后搞清楚，她是要和你拉勾，她和你拉勾不算，还要爸爸和妈妈拉勾，还要饭桌上的其他人都拉勾。所有人手指都勾上，她才笑了。

冬日早晨，天迟迟不亮，她醒来，没来由一句："空气哪尼啊？"颇费猜详，难不成她关心空气质量？

但见她在妈妈的枕头边一阵摸索，原来说的是："遥控器在哪里呀？"

你听不懂她的话，她却完全听懂你。

最近她热衷自己吃饭，穿好全防水倒背衣，要求两个勺子两个碗，两个碗可以把食物倒过来，倒过去，两个勺子以备掉落一个，还有一个。结果往往是，两个勺子两个碗，连同饭菜，悉数撒在地上、身上，满头满脸。

还是以喂为主，吃到所剩不多时，外婆说："现在你自己吃啦，用勺子也好，手抓抓也好，吃完也好，剩下也好，倒翻也好，都由得你自己。"

她说："谢谢！"

她完全听懂。

走开

　　"小朋友这时说话，就像嘴里含了彩色糖果，碰来碰去很好玩。"这是年轻妈妈小邹的形容，特别传神。

　　米兰 19 个月，正处于"碰来碰去"阶段。为了语言畅通，大人们常常要交流译意，"尼牛"——石榴，"外子"——筷子，"猪猪车"——出租车，"八一五"——芭蕾舞……还有些词儿，始终猜不出，虽然她一再说，在同一个情境下说，还是不解其意，大人

们只得面面相觑。

你们听懂了她的话，她拍手大笑，听不懂，她就沮丧，就像事情做不好一样沮丧。你重复她的发音是没有用的，她不满地看着你，好像说"我含了糖果，难道你也含了"？因此到 19 月龄时她开始了皱眉，忽地额头一蹙，双眉一颦，仿佛有了忧愁。

但有个词所有人都明白："狗该"——走开，因为她使用得尤其频繁。

运河边散步，有小狗朝她走来，"狗该"；路上汽车喇叭摁得很响，"狗该"；星期一爸爸妈妈上班去了，阿姨来给她捉鼻涕虫，"狗该"；洗手洗到地板上身上都是水，想帮她一下，"狗该"……

为什么会有那么多的走开？反省下，自她学会走路这半年，也许是大人们先对她说了太多的走开。

洗她的小衣服，她过来凑热闹，啊呀袖子都湿了，走开；送快递门铃响过，她即刻堵在门口等，偌大的纸箱拿不进来，快走开；尤其是，煤气炉旺着蒸汽腾腾，抽屉开着她想玩剪刀，关门时小手指恰好扒着门缝……危情当头，大人情急，一连串地吼：走开走开走开……孩子的语言是大人的镜像。

19个月的米兰不是真的让你走开，在公园里，如果大人真走开，她会很着急，很惊慌，她说走开，只是要你跟她保持距离：我长大了，给点自由好不好。

运河边对于小孩很危险。她喜欢到水边看大船，可是栏杆下面是空无遮拦的。台阶还不能独立上下，无障碍斜坡她却上上下下顺溜得欢，可是常常有自行车电动车甚至三轮车冲下来，"吓人呢!"这三个字她说得好清楚。

冬雨下了两天两夜，刚刚放晴，运河边空无一人。她看过《小猪佩奇》之后，爱上了踩水坑，噼啪噼啪走得好快，上到斜坡，斜坡的栏杆是镀铬的圆管，她习惯地扶上去，挂着的水珠纷纷落下，棉衣袖子顿时湿了一片，快走开！她哪里肯。她的视线刚刚与一排排倒悬的水滴齐平，每个水滴都是一个小世界，她冻红的手指一碰，晶莹的水滴就掉下来，这个新玩具太棒啦。

好吧，咱不走开，玩儿个够，米兰。

长记性

　　没有意外的话，小婴儿首先记住的，一定是妈妈。

　　米兰六个月，妈妈上班了。午休时间赶回家，推门而进，她完全没反应，直到妈妈脱去外套，准备哺乳，她的呼吸一下子急促起来，小胳膊乱舞，身体发紧，小嘴张开，她记起来是怎么回事了。

　　八个月，在家中已经完全认识了妈妈。可是有次跟阿姨散步回来，恰遇妈

妈的车，刚刚停好，车门打开，一个人猫腰钻出来，打开双臂："米兰米兰。"她又愣住了，你谁呀？

专业书上说，小婴儿在半岁左右有了情绪记忆，六到12个月开始建立形象记忆，一周岁之后才有词语逻辑记忆。

难怪一只小小拨浪鼓，直到现在她看见还是惊慌，连说"走开走开"，那是当年她的小手还没有分寸的时候，捏手里玩，打在了额上，这都过去一年了，她还记得那个疼痛吗？

小时候对所有人都特友好，见人就笑。自从记住了爸爸妈妈爷爷奶奶外公外婆之后，世界上的人全都变成了陌生人，你谁呀？不认识啊。再搭讪，她就要哭出来了。

甚至爷爷做饭系了条围裙，她也会哭，你谁呀？

稍大些，有了记事能力。一天，快递送来几大包纸尿裤。外婆对阿姨说，搁到衣橱顶上的柜子吧。她闻听，立即跑去客厅拖椅子。一个月前阿姨曾站椅子上取纸尿裤，她看在眼里，记在心里了。

成人们心头一紧，从今往后，你就是示范，就是榜样，你得收敛千年陋习了，如果你在乎孩子的话。

把东西搞乱，是孩子的天性，你一边收拾，她一边搞乱，这个游戏很好玩儿。

冬雨下个没完，她的衣服换个没完，只能挂空调下吹干。这天外婆进屋，发现快干了的三件小衣服，连同衣架都横七竖八扔在了地上，她看着外婆，如同往常搞破坏成功那样，歪着脑袋狡黠地笑。

外婆一言不发捡起衣服，她抢过去又扔，争抢中还拗断了一个小衣架。外婆说米兰不可以！这是外婆第一次这么严肃地批评她。她立刻放声大哭。外婆换了柔和的口气说：米兰穿脏了衣服，阿姨很辛苦洗干净，现在又弄脏了，你说对不对？她哭声更大，哭到抽搐，但她显然听懂了外婆的话，抹泪捡起两截断衣架，扔到了垃圾桶里。

从此她没有再扔过衣服，她听懂了，记住了。

米兰喜欢在饭桌上与每个人玩"拉勾，好朋友"的游戏，就在过年前几天，她要与妈妈拉勾，妈妈说，吃了这块肉，就和你拉勾。她还不懂交易，只知道被拒绝，便伤心了，直到正月十五，她都拒绝再和妈妈拉勾，那天在坐的爸爸、外婆都被"连坐"，整个新年，她只与外公一个人"拉勾，好朋友"。外公笑得下巴都合不上。

过了年，米兰20个月。

小小年纪，还记仇呢。

一模一样

小海龟破壳而出，却身处沙滩，螃蟹告诉它，你的家在大海……

米兰没听完这个故事，就直奔玩具箱，开始还是一件一件往外拿，后来没耐心了，端起箱子呼啦啦倾倒，在一大堆杂货中，拣出毛绒螃蟹，指着书上的螃蟹跟妈妈说："一模一样!"

那时大约16个月，自从学会说"一模一样"，常常把这样那样的事情联在一起——毛绒熊猫，熊猫发夹，饭碗上状似熊猫的蓝白圆形图案，她说："一模一样！"阿姨衣服上的红红纽扣，剥好的一小碗红石榴，以及外婆手肘上的一粒蜘蛛痣，她说："一模一样！红宝石。"

有一次，爸爸指着墙上的挂钟问她是啥？

她不答，将茶几下面属于她的一堆书画粘贴纸尽数拖出来，坐在地上，一沓一沓地翻，终于找到一本，又一页一页地翻，翻到一处，指着说："钟，一模一样！"

细究小童的发音，很有意思，不少发音含混不清，"一模一样"却向来十分标准，三个元音声母加一个唇音声母嘛，容易。而"拨清波"对她来说就太难，大人说"红掌"，她要么说"清波"，要么"清波清波"，也算个有趣的游戏。

转眼米兰20个月了，如遇恶劣天气，要打发漫长的一天，并非易事。那天已经吃了很多零食水果，再吃就要影响正餐了。兴致勃勃地建议找钟，她断然拒绝："不要!"曾经一天看三遍还不够的动物画册，"不要!"乐高，"不要!"……你不想点新鲜玩意出来，要糊弄她，很难。

正犯愁，门铃响，快递到，两个。拆快递向来是她热衷的，这天却不着急拆，打量一会儿，指着一个说"大快递"，另一个"小快递"。这下总算有了新游戏。她在家里转来转去，"大杯子"，"小杯子"；"大衣架"，"小衣架"；吃饭时想玩台板下压着的家电维修单，告诉她这不能玩儿，是发票。她乖乖地不玩，指着另一张的士票说："小发票。"

她已经不说"一模一样"了啊。从联想到比较，是认识的飞跃。

小童认识事物的贪婪度，是成人的无限倍。所以只要天气允许，她必定在外游荡。有一天很冷，运河边一个同龄人都没。米兰在桥上自语："刘一帆。"

最近她深度认识了几个小朋友，有刘一帆，有邬思杨，有田蜜蜜……喜欢两岁半的田蜜蜜姐姐，会牵着米兰的手走路，问"你要上厕所吗"；不喜欢邬思杨弟弟，17个月，刚会走路，很想要米兰的阿姨抱抱，米兰很恼怒；与只大半个月的刘一帆哥哥玩得最多，交换过食物，交流过玩具。刘一帆行动能力超强，但19个月还不会讲一句话，他的奶奶很发愁，老催着媳妇去报名早教班。米兰和刘一帆比，食量还不到一半，刚过一岁时矮半个头，体重差将近八斤，米兰的外婆也很发愁，每天查食谱想让她多吃一口。

很冷的这一天，米兰正念叨"刘一帆"，刘一帆就从那边跑过来了。忽然察觉，米兰竟然跟刘一帆差不多高了，而刘一帆也清清楚楚地说："下来玩。"刘一帆奶奶笑说："一下子就会说话了呢。"

或许家长都太过焦虑了，只要不疏忽也不刻意，尊重孩子自然生长，他们一个个健康，活泼，聪明，好学，一模一样。

睡不着

婴儿般的睡眠，是什么样子？

那年夏天，杭州奇热，40度高温数十日不退。

小婴儿需要户外活动，只好日出即起，赶早来到秀木繁荫的小公园。发现早有一疲惫的奶奶，手心里托着初生小猫般的婴儿，说是生下来有六斤六两，养了15天，六斤都不到了。

奶奶一脸焦虑——他睡不着啊，怎么大得起来？整宿哭，他妈妈嘴里念

叨：我要疯掉了，我快疯掉了……所以天一点点亮，奶奶就抱着孙子出门，让还在坐月子的媳妇睡会儿。

一出门，小猫就在奶奶手心里酣睡了。奶奶看着一岁多的米兰，你们这样大，就好了。

其实米兰的妈妈也说过同样的话："我快崩溃了，假如有一天我抱着她走进运河里，你们不要觉得奇怪。"

那时月嫂刚走，每当黑夜来临，整个家庭都陷入了深重的忧虑。子夜，大人最困倦的时候，两个多月小婴儿双眼溜圆，继而打挺，狂哭。喂奶，换尿片，抱，拍，摇，颠，摇篮曲，睡着，放下，惊哭……周而复始，夜夜如此。

一本《婴儿睡眠圣经》，真有《圣经》那么厚，都翻烂了，她还是睡不着。

为了让她睡个好觉，措施层出不穷。刚出娘胎有个小海马，很轻柔的音乐，伴着咕咚咕咚的仿羊水声。四个月的米兰有张亲吻小海马的照片。

发现她下雨天睡得比较踏实，就下载了手机白噪音，模拟小雨、电吹风、市声……

但专家说，婴儿睡不稳是因为睡眠浅，而恰恰是浅层睡眠时的梦境影像，可以促进大脑发育。白噪音让婴儿迅速进入深睡眠，不利脑力成长。吓得赶紧删除。

再一个神器是安抚奶嘴，嗫嗫嗫，秒睡。无论到哪，24小时携带。有次推着婴儿车去运河边，安抚奶嘴忘了带，只好在木条小桥上来来回回地推，颠簸助睡。她眼睛一合一合，似要睡去，复又大哭。此后很长一段时间，运河边遛娃的见我们都要问：今天奶嘴带了么？

都说半岁前用奶嘴是利大于弊的，可是米兰用到了一岁多，而且自己给它造了个词——"北"，困了，跑到自己的消毒柜边上，"北"、"北"地嚷。

痛下决心戒，就像戒烟一样难。半夜里满床找"北"，找不着就恸哭。家中所有的奶嘴都藏好，包括一本有奶嘴图案的布书。戒到第四天，在运河边与一嘬奶嘴的小弟弟狭路相逢，整个人都不好了。

16个月才彻底戒断。

妈妈信奉西尔斯共享睡眠法，米兰一岁多就睡大床。现在米兰21个月了，每天的陪睡者由她挑选，如早上醒来看到的另有其人，她会皱眉说："不是吧?"似乎遭遇了一场骗局。

爸爸妈妈不在家

21个月20天，人生头一次，爸爸妈妈不在家。

爸爸的工作出差多，妈妈最近换了岗位，也要出差，爸妈尽量安排好时间，保证至少有一人晚上陪米兰。所谓的分离焦虑，米兰并不明显。

21个月的孩子有些事还得慢慢明白。妈妈给她买了条蓝色牛仔裙，她说，好漂亮，红色的，她认为只有红色才是漂亮的；运河上行驶的船，告诉她后面飘着的是红旗，外公背着手让她猜后面有啥，她说："红旗"。

21个月的孩子有些事却很明白。有个周末早上米兰先起，玩了会儿大喊："妈妈起床了！"妈妈是媒体人，"夜猫子"，有懒觉睡是最大享受。外婆在一边笑，米兰坏笑着问："外婆笑什么？"似乎悟到了什么。

爸爸和米兰玩儿滑梯游戏，滑梯是用乐高搭的，形状各异的小块乐高，分别代表米兰以及很多小动物，还有爸爸、妈妈、外婆、外公……一个接一个滑下来。爸爸趴地上逐一扑救，米兰笑得滚来滚去。

全部人物动物滑完一遍，爸爸看米兰这么开心，想重新玩一遍。米兰仍然笑，但变成礼节性的了，显然，她也想让爸爸高兴。

比起懂事，孩子更先懂人。

爸爸妈妈同时出差，恰逢星期天，阿姨也休息，怎么办？商议出接力方案：妈妈赶一早的高铁，爸爸赶中午的航班，外婆接班。下午，阿姨来为米兰洗澡做饭后下班，外公晚饭前赶到，等米兰睡下后撤退，外婆陪夜。

送别了妈妈，整一上午米兰寸步不离地黏着爸爸。眼看爸爸出发临近，米兰有些沉默，背着大双肩包的爸爸走到门口，米兰说了再见，爸爸蹲下说："米兰亲亲爸爸"。照做了，随即扭身玩耍。

过了两点，瞌睡了，却不肯午睡，哭，作，不要外婆，碰都不让碰。外婆只好挑明："爸爸走的时候米兰很坚强，不哭，现在米兰想爸爸了，但是爸爸已经上班去了，只好外婆陪你……"本来已经很困，说着就睡着了。

洗澡，吃饭，都很配合。黑夜降临，米兰把她的七八个毛绒玩具全部搬上了床，躺在它们中间，和外婆一起看了五本书,自己拿起遥控器关了灯。

最后说的四句话:"外公回去了。"停一会儿:"阿姨回家了。"停一会儿:"爸爸上班去了。"停好长时间,以为睡着了,忽然又说:"妈妈上班,很远。"

在黑暗中躺了会儿,睡着了。

恐怖片

　　每当开饭，她迫不及待爬上自己的小椅子，看着满桌饭菜，"哇噢"一声，表示热情赞美。

　　然后一样一样扒拉到小碗里，蜻蜓点水尝一遍，方才的热情消失殆尽，"看书！看书！"

　　饭菜没什么新奇，书中自有千锺粟。

　　飞快看完一本，"别书。"又飞快看完一本，"别书。"看得有多快，吃得就有多慢，饭粒儿菜粒儿掉进书里。改天，她看书，专找书里硬结的饭粒儿玩。

一顿饭不看个十本八本拿不下来。知道这习惯不好，也是无奈。

《拔萝卜》之类，三秒钟就翻完，22个月大的米兰，能够多看一眼的是《我的野生动物朋友》。书中有个小姐姐，从小跟拍摄野生动物的父母在非洲丛林里长大，野象、鸵鸟、变色龙、牛蛙、豹子、狮子、狒狒……都是她的好朋友。

可是看到一半，米兰就快要哭了，"怕猫鼬。"大人只得屏蔽那几页，很纳闷，豹子狮子都不怕，为什么独怕猫鼬？

是不是因猫鼬那笔挺直立的姿势，和洞穿一切的眼神？

晚上陪睡，得多多准备故事，听熟了的，你刚开个头她就说"换个"。

"换个""换个""换个"……还真是"书到用时方恨少"。

"小兔的妈妈出去了，大灰狼在门口唱歌：'小兔子乖乖，把门儿开开，我要进来……'小兔唱：'不开不开不能开，妈妈不回来，谁来也不开。'"

这个故事米兰喜欢。

"小红帽的奶奶生病了，躺在床上，小红帽穿过森林去看奶奶……"

"不要讲！不要小红帽！"

她不是怕大灰狼，小兔子的故事也有大灰狼。她怕的是，大灰狼吃了奶奶，又假装奶奶躺在床上，虽然最后猎人把奶奶和小红帽都救了出来，她还是怕极了。

她怕那个情景，欢乐地进门，欢快地扑向奶奶的床头，怎么可以，床上躺的竟是大灰狼呢？

立即吃掉倒也万事休了，为什么还要和大灰狼扯那些话：

"奶奶的眼睛怎么这样大呀？""为了更清楚地看你呀，乖乖。"

"奶奶的手怎么这样大呀？""可以更好地抱抱你呀。"

"奶奶的嘴巴怎么大得很吓人呀？""可以一口把你吃掉呀！"

细思恐极。

这是米兰最初的恐怖片。

据说有家"小红帽幼儿园"，数十家连锁店遍布全国，小红帽、大灰狼等人物形象竖立在校园各个角落，广告词说："走进校园仿佛进入一个美丽的童话世界。"

这一定是成人的主意。

人机大战

米兰 22 个月了，还以为客厅墙上挂的是一块黑色大玻璃。

从她出生起，家中就禁电视。以至于除夕夜想看一眼春晚，发现电视机已经黑屏。

鼠标她却早已会用，先于小勺子。爸爸妈妈有时在家工作，她迅速爬上大腿，吧嗒吧嗒点得飞快。花大半天做的报表，被她点没了。爸爸欲哭无泪。

有一次缠着要进里屋。跟她说米兰

乖，爸爸在工作不要打扰，她不屑地更正外婆："爸爸发邮件！"

最先允许她接触的，是 iPad 上的《小猪佩奇》动画片，规定每天一集，五分钟左右，等到"啊，宝贝……"的片尾曲响起，就关机。

她珍惜这五分钟，平时听到妈妈回来门响，会放下手头一切，自语着"赶紧赶紧"，奔向妈妈。有天妈妈回来，正逢五分钟，她竟连头也不回——是真的没听见。

20 个月之前她以为看一集是天经地义，之后就学会了讨价还价。"还看一集。""休息下眼睛，等会儿再看。"寄希望她会忘记。从来不会。

真正难以控制的，是手机。因为大人们也难以自控。

她很快摸熟了"手机地图"，妈妈的手机在包里，爸爸的在裤袋里，外婆的在窗台上，阿姨的在酒柜顶上。

小时候，谁的手机有动静，她急急禀告；稍大，她会到妈妈的包里、爸爸口袋里去掏。"看米兰吧。"她说。每个人的手机里都有她的视频。

无师自通地学会了开机，上拉下拉，点开又退出。娴熟地找到存放照片的图标，点开视频……

有一天晚饭后主动提议剪指甲。奇怪了，本来很抗拒这事的。紧跟着说："看《小猪佩奇》。"原来如此，曾经用看片来哄她剪指甲。你怎么对付她，她也怎么对付你。

这点做得最好的是小女阿姨，从来不在米兰面前捣鼓手机，烧菜计时都宁愿看钟。阿姨回老家一周，请了临时阿姨小平。那天的动画片时间，iPad链接出了问题，小平阿姨立马在自己的手机上搜出《小猪佩奇》。结果，米兰就爱上了小平阿姨和她的手机，那几天突破了底线。末了米兰还说："小平阿姨好，小女阿姨不好。"

孩子也功利。

一旦玩上了，不能硬夺，只能智斗，用别的游戏来转移。全家人为此绞尽脑汁，各显身手。什么游戏才能比得上手机啊？人机大战，相当地白刃化。

不够着

她想说的，其实是"够不着"。

否定词"不"，在小婴儿牙牙学语的词典中显得异常重要，是她自由意志的最初体现。

"不要！""不吃！"那时才 13 个月。

也许是一开始，"不"就始终前置，以至于当语言丰富起来时，米兰还将"拿不动"说成"不拿动"，"找不到"说成"不找到"，"够不着"说成"不够着"……

这个语法绝对是她自己创造的，成人从没这样说过。

快到 23 个月，米兰的行动能力已经很强，学会了荡秋千，双手吊单杠，独立爬山。雨雪天、雾霾天，她麻利地从椅子爬到桌子上，再爬到窗台上。出不了门的日子，窗口就是她的最爱。她趴在窗台上看世界流动，人来车往，猫跳狗吠，乐不可支。

"不下来。"看了一会儿她说。

不下来吗？可以啊，继续瞭望好了。

"不下来。""不下来。"她快要哭了。那天是代班阿姨，不熟悉她的语言习惯，其实她说的是"下不来"。

她想下来。

比"不够着"说得更多的，是"够着了！"她一说"够着了"，大人便心一惊。

刚学会走路，摇摇晃晃走到空气净化器边上，仿佛蓄谋已久，踮起脚一按，"哗"一声开启了。

对付小儿湿疹的护肤膏、湿疹膏、紫草油……她向来感兴趣，有天她伸手一撩，倒下一排，狂喜地拿了一支，不巧盖子没盖紧，被她一口气挤出半支。

客厅里的透明酒柜，她觊觎已久，里面所有的东西都闪闪发光。酒柜锁着，钥匙就插在锁孔上，那天她踮脚捣鼓钥匙，忽然柜门就打开了。

她是个小小探险家，经常伸手从桌子边缘往里探，看看能摸到什么。育儿专家西尔斯有个 30 厘米法则，把危险品放在离桌子边缘至少 30 厘米远，让好奇的小手够不着才行。但成人很难每次都记牢，有天差点摸到一锅滚油热汤，让人心惊胆战。

冬去春来，小孩长得猛，以为够不着的东西，她不几天就够着了。于是创造一些"够着了"游戏让她玩。

爸爸将她举起来，她"够着了"只有长颈鹿才吃得到的树叶。

外婆将四个冰箱贴一列竖排，让米兰从低往高依次摘。

她踮起脚，伸手就摘下最高的一个，开心大笑。

"够不着"和"够着了"，可囊括人生的基本状态，够着了，是成长发展。够着了无比喜悦，够着了也有危险。况且，终究有够不着的那一天。

榜样的力量

　　下着雨，超市门前人们进进出出，都要绕开地上撑着的一把伞。

　　外婆弯腰看了下，不禁笑出声。是一个奶奶和孙儿蹲地上，看一张超市广告纸。"这个什么？""豆豆。""这个？""香蕉。""这个？""鱼。"……

　　奶奶苦笑："没办法呀，想进去买点东西，看到这张纸他就不肯走了。"奶奶想拉他起身，他立刻哭。

　　米兰一拉小弟弟手说："到超市玩

球球去啰。"小弟弟立马抹泪为笑，跟着米兰进了超市。

米兰 23 个月，小弟弟 18 个月。曾经在公园一起玩沙子。

孩子都喜欢跟大的玩。

一岁半，米兰在运河边遇到个小姐姐。外婆希望米兰跟小姐姐玩玩，米兰不肯。

小姐姐站到花坛边，唱了《我的好妈妈》，又念了《小老鼠上灯台》。米兰假装爱听不听，回来当晚就在念叨"妈妈快坐下"，正是《我的好妈妈》里的歌词。

小姐姐表演完了，过来拉米兰的手，米兰很顺从，两人牵着手走。小姐姐说："你要上卫生间吗?"米兰说要。其实这时她尚不懂上卫生间是什么事儿，一个月后妈妈才给她买了《我的小马桶（女孩版）》。

对于便便这件事，传统的育儿法中那就不是事儿。比米兰大一点点的刘一帆，奶奶来自农村，一岁多就穿开裆裤，玩着，会突然蹲下便便。米兰却不行，一本"小马桶"已经翻烂，道理全懂，还是过不了心理关，或许是还没有十分的把握。

20个月时，米兰有了自己的滑板车，带出去玩，在树根边上摔倒了。刘一帆也正好滑过来，"嗖"地绕开树根，飞向远方，米兰崇拜极了，一直说："刘一帆聪明。"

育儿专家说：两岁之前小孩喜欢与成人一起玩，更有安全感；两岁开始喜欢做大孩子的跟班，大孩子强大的本领让他膜拜；四岁以上才喜欢与同龄人玩。

米兰爱去科技馆攀绳梯。

之前攀过几次，都是爸爸在下面扶，妈妈在上面接。最近一次，妈妈还没来得及走到上面，米兰已经悬在半空。因为有个小哥哥说："来，跟我上！"米兰就不要爸爸扶，自己开始攀登了。前所未有的矫健。

跟屁虫一样在小哥哥带领下玩了一圈，小哥哥又一招手说："来，跟我下！"随即灵巧地爬了下去。

米兰也不假思索地要跟着小哥哥下去，下到三分之一就怕怕了，妈妈要接她往上，她不肯，爸爸要抱她往下，她不肯，就这样在半空里放声大哭。

好玩的

米兰正"奔二",开始广泛使用疑问句。"去哪里呀?""这是什嘛?""作啥?(杭州话)"。

"这是什嘛?""起子。""做什么用?""拧螺丝。"她找到自己滑板车上一个螺丝,拧了两下。"好玩的!"

"好玩的。"是她目前对事对人的最高评价。

相机的镜头盖子拿上拿下,焦距镜头伸伸缩缩:"好玩的!"

往牙签缸里装牙签,翻倒,撒一地,一根一根捡起来:"好玩的!"

拿钳子"咔嚓",破开一个大核桃:"好玩的!"家里煮粥的全部核桃,都是米兰剥的。她剥好放在自己的玩具罐子里,大人要用时,去玩具罐子里找,从不会断货。

成人总是想尽办法让孩子玩得好,买更多的玩具,寻找更多玩法。商厦里的儿童游乐场,爸爸办了卡，充了钱，让她玩蹦床。游乐场阿姨给她腰腿上绑定防护带，还没启动，米兰大哭。下来后说："一点也不好玩。"第二次走过那里，老远绕道。

科技馆的意念行车项目，戴个头盔，眼睛盯住模具小车，车就能按轨道行驶。大人觉得很好玩，排队，轮到，头盔刚戴好，米兰就摘下："一点也不好玩。"

玩是孩子的天性，但他们不喜欢你规定的玩，不喜欢自己无法驾驭的玩。

玩是孩子生命的全部，玩是玩，做事情是玩，走路是玩，说话是玩，看书也是玩。区别在于"好玩"或"不好玩"。

一本自然博物馆的画册，看得最多。一开始听大人讲，然后喜欢自己看，自语道："有一天，我们来到……"

等她再次要求外婆一起看时，内容已烂熟于心。她指着恐龙说："这不是恐龙。""是啥？""是大象。"促狭地笑。

指着鲸鱼说："这不是鲸鱼。""是啥？""恐龙。"

指着藏羚羊说："这不是藏羚羊。""是啥？"

"猴子。"

指着狼说："这不是大灰狼。""是啥？""火烈鸟。"

每说一句都大笑："好玩的。"

最近，米兰频频使用反问句。让她洗手，她问："玩过什么了？"一个卡通图案，外婆说像兔子，她质疑，"不是吧？"《波米诺去旅行》，波米诺沿途看到一只袜子，她说还有鞋子，外婆说没有。结果下一页就是鞋子。之后她几次拿着书，一脸坏笑地问："外婆，有鞋子吗？"

好玩的。

小时候

　　两岁生日，恰逢妈妈出差。妈妈回来后，米兰叙述当时情景："打针，不哭，量高高（身高），哭了。"

　　医生说，再大一些，就该站着量身高了，两周岁却还是跟婴儿时代一样，躺在标有刻度的硬板小床上，用卡尺一卡。就像躺在砧板上，米兰怎肯就范？

　　她长大了，不同于小时候了。

　　外公来，米兰正午睡，被外公吵醒，异常恼火。问她和外公好不好？她说："昨天好的"。她长大了，说话会拐弯了。

米兰两周岁，爸爸开始做规矩，跟米兰严肃谈话，说："看着爸爸的眼睛。"她头一抬说："我看灯。"爸爸绷不住笑场，首次谈话草草了事。

小时候外婆说"白日"，她接口"依山尽"，现在外婆念念有词，她不想搭理，外婆胡扯成"更上两层楼"，她立马接口："更上三层楼吧。"

每个周末米兰跟爸妈去外婆家吃饭。吃完饭，总是强烈要求："看小时候，看小时候。"

外婆的电脑里，存有很多米兰的视频：第一次翻身，一而再再而三，直到第四个方才成功；第一次吃固状食物，小嘴紧扒着碗沿不肯放，如同叼着乳头，最后小手一挥将半碗米糊打翻在地；第一次带着游泳圈下水，哭成泪人⋯⋯

米兰看过视频，往事历历在心头，一个早已打入"冷宫"的小沙锤，重新找出来，碰一下自己额头说："小时候，砸头上。"趴枕头上玩，忽然若有所思，"小时候，吐了。"

怕她从床上摔下来，一度直接将床垫放地板上。有段视频中，米兰坐床垫一角，阿姨对着米兰半蹲，做身体弹跳的游戏。先轻轻颠几下，然后霍地发力，弹起很高。每当弹起来时，米兰就笑得难以控制。另一段，阿姨和米兰绕着茶几爬行，你追我赶，米兰眼看追不上，掉个头逆向爬，阿姨也立即改逆向，米兰哪里追得上，急哭了。

米兰想昔日再现，拉着阿姨，坐到床角。同样的动作，同样也笑，却没有小时候的纵情，做了几下就自动停止了，不像小时候"还要还要"没完没了。估计她心里挺纳闷吧，小时候，我笑点咋这么低呀。

模拟当年，与阿姨绕着茶几爬行，爬了没几下，她不耐烦地破坏规则，站起来跑，一下子抓住了阿姨，"阿姨输了。"她大笑不已。估计心里在想，小时候，我咋那么笨啊。

一开始，有得看就好，点开什么看什么，后来有选择了，要看玩充气城堡、玩单杠、爬绳梯、荡秋千……

套着游泳圈哭的一定不要看。有次爸爸带她到游乐场玩蹦床，刚绑好安全索，就哭喊"害怕"，要下来。这段无论如何不肯看。也许她觉得没面子吧。

米兰两周岁，爱面子了。妈妈出差，欲跟米兰视频通话时，她正坐在小马桶上，大嚷："不要让妈妈看见米兰光屁股！"

小点

　　《布瓜的世界》绘本中，有一页全是苹果，从大到小，从小到大，全是苹果。

　　问米兰喜欢哪一个？她指指最小的："这一个。"

　　在大和小之间，她向来钟情于小。指着最小的葡萄干说："这个是米兰。"夏天两个膝盖上摔了好几个伤疤，她指着小的伤疤说："这个是米兰。"

　　睡觉前戏中，特别爱玩"小房子"

游戏。轻薄的空调被，大人手脚一撑，形成一个小小空间，米兰钻进来，欢喜地打量四周："这是什么？""天花板。""这是什么？""墙壁。""这是什么？""地板。""这是什么？""外婆的手臂。"米兰更正："不是，是柱子。"

"小房子"里只有一点点光亮，她想一想说："看书，不行。聊天，行的。"

聊天基本由她发起。"外婆，青蛙会做什么？"

"会跳。""还会做什么?""会叫。""还会做什么?""捉虫子吃。""还会做什么?""做游戏。""做什么游戏?""搭小房子。""还做什么游戏?""玩乐高。""还做什么游戏?""玩滑板。""还做什么游戏?""玩倒刺。"她哈哈大笑,"倒刺很好玩的。青蛙有倒刺吗?""熊猫有倒刺吗?""红枣有倒刺吗?""乐高有倒刺吗?"……没完没了。

"小房子"是她的专属领地,她会挑选最好的小伙伴带进去,有时是兔子,有时是熊猫,有时是红枣。

大人撑累了,"小房子"塌掉了,她会要求,再玩一次。一次又一次。加上看书、抓痒程序,睡觉前戏够长的。一忽儿功夫不动了,以为睡着了,却忽然冒出一句:"天白了可以去玩吗?"方才她想出去玩,带她到阳台上,让她看天黑不能出去玩。

米兰有句口头禅是:"小点,小点。"也许人之初是不贪婪的,对于孩子,小更合适,更安全,更容易把控。

吃饭,阿姨一大口饭或汤喂过去,她会说:"小点,小点。"

外公、爸爸教她荡秋千,玩单杠,翻筋斗,她会提醒："小点，小点。"

两周岁时玩具店送来一个小妹妹，名字叫"小花妹妹"，米兰当即为她取名叫"小胆妹妹"，小胆，形容的就是她自己。

两周岁以后，爸爸为了鼓励米兰，引进了励志口号："我可以的!"蛙跳，"我可以的!"金鸡独立，"我可以的!"还真有点用。但训练激烈时，她还是会连喊"小点，小点。"爸爸大声说："我可以的!"米兰更大声说："我不可以的!"

真够可以的。

时间是什么

有一年的傍晚，米兰在运河边偶遇外公。米兰玩累了，坐在外公自行车后座上回家。

到了家门口，外公说："再见！外公明天来米兰家。"离去。

米兰哭了，说"来米兰家"，怎么又走了？

周末晚上，爸爸妈妈问米兰明天想去哪里玩，她立刻背包，换鞋，奔向门口。

明天是什么？人之初，只有现在时。

然后依稀有了过去时。对于过去时，米兰有两个表述：昨天，小时候。

外公吵醒了米兰的午睡，她非常生气。问她和外公好不好，她说：昨天好的。

三伏天洗完澡，光身子满屋跑，跟她说小女孩不可以光屁股，她说，小时候可以的。

米兰讨厌任何的"不可以"，总想纠缠到"可以"为止。告诉她不能吃果冻，"小时候可以吃吗？""长大可以吃吗？"

"长大"，是她的未来时。长大可以做很多事情，她希望长大。

得到一套护理玩具，她给自己量体温，也给兔子、熊猫量。告诉她，量一分钟。"什么是一分钟？""你看着钟，嘀嗒嘀嗒走到这儿，就是一分钟。"腋下一夹，马上抬头看钟。

有段时间热衷说"好久"，"我好久没吃车厘子了。"是真的好久没吃。"我好久没看书了。"其实是刚刚看过。

抽象的时间，怎么向儿童描述？早年同事开车带四岁孩子出门，孩子坐得不耐烦，问还需多久才到？同事说还要挂两瓶盐水的时间。孩子当即明白。然后不断问，还有几瓶？一瓶，半瓶……甚好。

专家说，孩子在五岁到七岁渐渐明白时间。朋友的儿子有天在妈妈催促下扔掉一个已经捏不住的小铅笔头，边扔边说："铅笔头啊铅笔头，你都跟了我十多年了。"孩子那年才八岁，妈妈笑喷。

酷暑来临，待室内多了，用家里所有的椅子凳子拼搭成车船，是米兰喜欢的游戏。她坐前排当司机，时不时要求加油。"博物馆到了。""科技馆到了。""六公园到了。"她报的站,都是常去的地方。

爱潜水的妈妈来乘船,说船长啊,能不能去远一点的地方?米兰问远一点是哪里。妈妈说,马尔代夫。"好的,妈妈,马尔代夫到了。"妈妈说,啊,这么快?马尔代夫要三天才能到。"好的,妈妈,一天,两天,三天……到了。"在她的时间里,三天只是瞬间。

那天临睡前,米兰忽然说,我要去马尔代夫。"马尔代夫有什么?""还有什么?""还有什么?"蓝天,大海、大鱼一一说过,最后问:"马尔代夫有空调吗?"

两岁两个月时,米兰最确切的时间概念是三分钟。当她非常非常地想玩手机时,就自己设定时间,三分钟。

时间一到,铃声一响,烫手似地放下。

去远方

千岛湖的高层湖景房，水天一色，清空辽远。

逃离了雾霾的爸爸妈妈激动地让米兰看一看窗外的景色。米兰瞟了一眼，转头，低头，继续专注地看地板。

地板是拼花的，宝石菱形的图案，枣红、褐红、浅米的镶拼。

那时，米兰六个月大，视力才刚达0.1，花花的地板，当然比远处的风景有看头。专家说，小儿视力一岁才达

0.2，一岁半达 0.4。

0.4 的时候，杭州寒风瑟瑟，米兰去了温暖的桂林。偌大的度假村，青青草坪，林木葱郁，卡通雕塑，太适合孩子。妈妈问欢跑的米兰："我们是在哪里？""果园里！"她不假思索地答。

"果园里"？是桂林的谐音呢，还是她刚刚看过一本《果园里》的绘本？书中景象，深得她心。

米兰八个月有了自己的第一本护照，小袋鼠一样坐在大人的背兜里去了澳门，吃的是奶粉和米糊，对璀璨的大三巴夜景表示出兴趣。回程航班晚点六七个小时，深夜才抵达。父母准备不足，在机场向人借尿不湿。米兰或酣睡，或东张西望，在家或在远方，对八个月的孩子没有太大差别。况且，机场人多流动大，好看不无聊。

两岁两个月，米兰第二次去日本，第一次是一年前，去冲绳。

冲绳算是米兰真正意义上的去远方，因为她有了记忆。她记住了水族馆的大鱼。在三四层楼高的巨型水箱前，长达 7.5 米的鲸鲨在米兰眼前游来游去……她还记住了海，回来后看到蓝天白云，她会说：

"大海。"

这次专攻北海道，米兰全程兴致勃勃且空前撒娇。难怪的，之前爸爸妈妈轮番出长差，这九天全天候陪伴，对于孩子，单这一点就足够她开心了。

旭川到美瑛穿过荒野的小火车，富良野的薰衣草花海，林间小屋与房东孩子一起吃葡萄，洞爷湖的白鹅小船，小樽的蟹黄饭团、哈密瓜……都是她爱的，但最爱有两件事。

一是札幌的巧克力工厂，整一个童话世界，花园小径，树屋，小房子，小狗吠叫，猫头鹰唱歌，苹果树下钻出鼹鼠……小机关层出不穷。米兰走进一个小房子（大人根本进不去），独自玩了十多分钟，小床上坐坐，小凳子搬来搬去，厨房柜门打开又关上，煤气灶、微波炉玩玩，不想出来。

恰逢周末，札幌宫泽地区青年活动中心在做活动。有个迷宫，用七七四十九个纸板箱拼成一个方阵，箱子上开有小门洞，通过一扇一扇小门，可以从另一头走出来。纸箱高约一米多，小点的孩子走进去，就看不见人了，只是不停地钻门洞，类似《最强大脑》中鲍橒的盲走"蜂巢迷宫"。

还担心米兰会害怕，在洞爷湖，温泉怕怕，焰火怕怕。谁知这迷宫，她一头扎进，头也不回，走到深处，不见其人，只闻"咯咯"的笑声，忘情钻门洞，钻到帽子都掉了。反复进进出出，不肯停息。

回公寓的出租车上，她不停地问："米兰的小房子呢？钻来钻去的迷宫呢？"说完就睡着了，已经困极。

回到杭州，又一个周末来临时，爸爸妈妈商量带米兰去哪里，她说，去北海道好啦。

飞翔

　　为米兰定了一套玩具，每月送。价格不便宜，东西也还行。尤其是按着孩子的月龄发的货，比较对路。比如学习穿鞋、学习大小便、学习刷牙……有模拟玩具，语音配合，都恰到好处。

　　每月都发一些书、碟。27个月时，有一本关于想象力的书，许多彩色绒线团，黄色的，按上眼睛嘴巴，是啥呀？小鸡，绿色的，按上鼓鼓的眼睛，和四条腿，啥呀？青蛙……不能不说，弱爆了。

那是成人的比较差劲的想象力，而已。

成人的想象，有方向，有轨迹，能想人所未想，就是成功。"月亮是个金豆荚，星星是里面蹦出来的豆豆。"这是早年一个学龄前小诗人的妙句。是他自己的想象，还是父母的想象？答曰，是在他父母启发下写出来的。

两年前，米兰无奈地躺着，连翻身都不会，眼睛骨碌骨碌。那时她的思维很神秘，大脑在飞速成长，最初的体验甚至指引着她日后的漫长人生，而我们永

远没法知晓那一段落。就像高晓松说的："他们是带着剧本来的。"

有专家形象地描述了这种情状："宝宝们就像佛陀一样，也是身在斗室心在四野的旅行者。他们在意识的池塘中自在地戏水，而不似成人，沿着奔涌的意识之流奋勇前进。"

我相信在我们不懂她的阶段，她已开始悄悄地储备，到了一定的时候，思绪飞翔。

一岁多，第一次看见腰果，她说——小袜袜。

看喷泉，她说——蝴蝶。

孔雀开屏，她说——下雨。

胖子，她说——螃蟹。

工作时的洗衣机，她说——芭蕾舞。

核桃夹子两脚分开，成了带有弧形的铁条，她说像水，还说，哗啦哗啦的。

米兰不爱吃叶菜，大便一度像羊粪蛋蛋。于是阿姨端上餐桌的一碗酱丁，她说是羊粪蛋蛋。

早晨换下的尿不湿，卷拢扎紧，因为特别鼓，她说，像礼物。

孩子的想象没有成人世界的逻辑，因此常常出人意料。

夏天腿上长湿疹，天天用金银花洗，终于好起来，阿姨说今天腿上白白的可好了，米兰接口，像蓝天白云一样。

早餐时看着窗外说，像西瓜。爸爸妈妈左看右看，看不出西瓜在哪里。后来悟到，是大树印在天幕的剪影，五楼窗口看出去正好是树冠，互生的叶子一缕一缕指向天空，像西瓜的花纹。

夏天，晚餐后洗澡前是米兰的玩水时间，水桶水枪小勺子，玩得忘情。这天穿的是白色汗衫，从水龙头边下来时，身前都是湿的，贴在肚皮上呈半透明，米兰说，像面膜。

两岁后语言日渐丰富，不乏与大人的斗智斗勇。

米兰不爱吃瘦肉，跟她说吃瘦肉会聪明，她说："吃瘦肉还会拉便便呢"。

夏天一直是光脚走在地板上，秋天了，让她穿袜子。她问，穿袜子会滑倒吗？会长脚气吗？其实就是不想穿。

别人送的遥控小汽车，爸爸也很想玩，米兰不肯，说是小孩子玩的。爸爸问，那大人玩什么？玩钱呗。

读书心得

米兰有过一些小布书，巴掌大，画着各种小动物。在还说不出动物名的时候，她以象声词来替代。"汪汪"、"喵呜"、"喔喔喔"、"咩……"

两岁多，兴趣早转向几米、朱德庸，妈妈找出搁置已久的小布书，想送人，米兰紧抱住不放，拿到阳台一角，"汪汪"、"喵呜"、"喔喔喔"、"咩……"重温，不亦乐乎。

小孩天生对动物的语言感兴趣，狮

子老虎大象恐龙都模仿过，有一天晚上睡前问："猫头鹰是怎么叫的?"外婆答应，明天上网搜一下。

次日下午，她忽然问："外婆搜了没有?""搜啥?"外婆早忘干净。"猫头鹰。"外婆一面搜一面念念有词："感谢网络……"

话音未落，猫头鹰的叫声就响起来了，"咕咕，咕咕，"米兰起先还微笑着聆听，"咕……咕咕咕咕……"接着大约是猫头鹰夜间的叫声，像哭又像笑，确实有几分阴森恐怖，小脸迅速变色，外婆立即关掉网页，再晚一步，就要哭出来了。

向来有很多怕怕，一岁之前，怕拨浪鼓，怕小凳子，怕毛绒鹿，为什么怕? 大人无法参透。

两岁，妈妈总结，米兰怕的是"猫鼬猫眼猫头鹰"。

猫鼬怕书上的，

书上是站得笔直的一群；不怕博物馆的，博物馆的猫鼬很小一个，刚从洞里钻出来。

猫头鹰，怕手机里的，爸爸从北海道美瑛駅买给她的、薰衣草味儿的布偶猫头鹰，喜欢得不得了，天天放床头。猫头鹰在日本与乌鸦一样属福鸟。

猫眼怎么了。有本书上讲，小白兔从猫眼看到包着花头巾的大灰狼来了，机智地斗败了大灰狼。米兰要求看家里的猫眼，看了之后，就怕了。

米兰 28 个月，看书越来越挑剔。《小猫钓鱼》？不要！《七色花》？看过了！《骑鹅旅行记》？看过了！通常磨缠上半天，才选中一本。

上午买五本绘本，她高兴地说："我要用力看。"结果下午就看完了。

还看出些名堂。

"这个门画错了。""怎么？""没有画门把手。"

《狼来了》，米兰问："那个撒谎的孩子，叫什么名字？""不知道，书里没说。"米兰给他取了个名字叫"泥狗"。

《拇指姑娘》中，拇指姑娘被田鼠大婶收留，鼹鼠先生向她求婚，拇指姑娘很害怕。恰好这时，她在洞口发现一只冻僵的燕子，她用身体温暖燕子，燕子醒来，带拇指姑娘飞离了田鼠洞，飞向温暖的南方。

米兰翻来翻去说，"这本书少了一页。""没有啊。""这个拇指姑娘在小燕子背上，飞在蓝天白云上；这个拇指姑娘已经在花园里了。她是怎么下来的？是不是少一页？"

《小鞋匠》，讲一对小精灵每天半夜溜进来帮助老裁缝做鞋，老裁缝发现了，放好了水、糕饼表示谢意。

米兰仔细看了这页问："水是从哪里倒出来的？""水瓶呀。""可是没有水瓶。""水瓶在另外一个房间，这里画满了，画不下了。"米兰指着一处空，"这里有空，画在这里好了。"

走啊，走

米兰两岁多了，需要做规矩，有一天饭吐在地上，妈妈批评教育，又吐了一口，妈妈很生气，嗓门提高了。

妈妈要米兰认错，米兰不睬。吃完饭，妈妈要把她从儿童座椅上抱下来，被米兰拒绝。

由外婆抱下。她独自玩了一会儿，开始唱歌，妈妈不睬。画了一朵小花叫妈妈看，妈妈不睬。米兰继续画，嘴里念叨，"爸爸、妈妈、米兰。"擦掉，再画，"爸爸、妈妈、米兰。"……所谓的"爸爸妈妈米兰"，其实就是三个歪歪扭扭的小线段。两个大，一个小。

妈妈绷不住了，就此缓和。

缓和气氛的本事，孩子似乎与生俱来。有一次吐口水被爸爸训斥。她啥也不说蹬蹬蹬跑到客厅，爸爸以为她干啥呢，赶紧跟出来看，她拿了一瓶矿泉水递给爸爸，长睫毛忽扇忽扇，笑着看爸爸喝水。爸爸只得败下阵来。

有一天早晨醒来，爸爸妈妈都上班了，米兰拖出自己的小车，拿出小包挂好，一把小雨伞，一个车钥匙。"我要去上班。"

关于上班，与外婆的对话是这样的：

"为什么要上班？"

"每个人都要上班，外婆也上班，现在老了就不上班了，退休了。"

"米兰长大也上班。"

"对的，米兰上班了，爸爸妈妈就退休了。"

"爸爸老了，米兰给爸爸洗澡。"这话让爸爸好生感动。

停一会，米兰转了话题："外婆的爸爸是谁？"

"我的爸爸，他已经不在了。"

"他上班了吗？"

"不是，他死掉了。"

"为什么死掉了？是不是一个月不吃肉？"

"不是，是因为他老了。"

"扔掉了吗？"

外婆想一想说，"是的，扔掉了。"

"扔到垃圾桶，阿姨倒掉了。"米兰松了口气又问:"外婆老了也会死掉吗?"

"是的。"

米兰养过一只小乌龟,绝食整整一个月后死去,被阿姨扔进了垃圾桶。28个月的米兰,对于死的全部概念来自于此。

人从哪里来,到哪里去,据说有三种人会思考这个问题:孩子,老人,和哲人。青壮年没空去想这个问题,老人想到死会恐惧,只有孩子的思维最纯粹,纯粹到像哲人。

两岁不到,米兰曾从椅子上摔下来,嘴唇出血,医生要检查她的口腔,她紧咬牙关。

米兰时常会想起这一幕,由此引出以下对话:

"妈妈小时候摔跤过吗?"

"有。"

"流血了吗?"

"流了,还缝针。"

"外婆小时候摔跤过吗?"

"有。"

"流血了吗?"

"没流血,但骨头断掉了。"

"骨头断掉很痛吗?""很痛,外婆不小心,小时候摔断腿,老起来又摔断手……"

这时,妈妈接话:"摔断手那会儿,还没有米兰吧。"

米兰吃惊,那时候,我在哪里呀?

妈妈想一想说:"你背着个小包包,正准备到我们家来呀。"

过去有一个多月吧,有天米兰自言自语:"那时候我还没有来,我走啊走,走啊走……我一定会来的。"

说这话时,她的小脑瓜里一定是有画面的。她一个人走啊走,没人抱她。

小忧伤

爸爸的工作出差多，一旦回家，米兰谁也不要，只要爸爸。

一岁半的米兰开始和爸爸视频，后来一度中止。为啥？爸爸出现，欢呼雀跃，一旦挂机，郁郁不乐。明明看见爸爸，为什么一会儿又不见了？想不通，想哭。

也不能提起爸爸。要是有人说，爸爸明天回来，她立马跑到门边去等。等不到，急哭。她不知道啥叫明天。

两岁半，懂得视频了，每次开场必问："爸爸在什么地方？""旁边是谁？"活像个小侦探。

也知道睡觉醒来就是明天。有一天午睡醒来，她说："今天还没有吃过维生素吧。"

冷空气来的时候，爸爸在北方出差，回家时略有感冒，在隔壁房间蒙头发汗。

米兰午睡醒来，得知爸爸回来了，在外婆手机上语音呼叫爸爸。

等了一会，爸爸没动静，米兰说，太奇怪了。又等了一会，还是没动静，她说，米兰呆掉了。

那天下午直到晚上，米兰特别乖，乖到忧伤。爸爸回来了，却不能抱她。抱了，却戴着口罩。她给爸爸递一杯水，坐得远远地看爸爸喝水。

爸爸好了，米兰感冒了。

早晨醒来想说话，一口痰卡喉咙里，不能发声。"米兰怎么了？"她有点惊慌。

咳嗽，发烧，上医院。翻开病历卡，上次看病是一年前，似懂非懂，每个步骤都哭。两岁半，不哭了，检查咽喉，嘴张得老大。指尖采血，刮了十几下，不哭。

生病前，刚刚报了个好玩的早教班，米兰去体验过，很向往。于是每天早晨醒来，她都希望自己已经好了。

"今天不咳嗽了啊。"她躺在被窝里，眼睛亮亮地说。

打了个哈欠，"打哈欠不用吃药的噢。"

一起床，又咳上了，悻悻地吃药，大口喝水。半个月才好。

气温渐降，一阵风过，窗口大树的叶子，雪片一样飞落。有一天，米兰吃早饭时，盯着看了很久，问妈妈，这是什么？

顺着米兰手指的方向，妈妈看见树杈上，有个黑褐色的、椭圆形状的东西。是个鸟窝吧？

112

"是小鸟的家吗？"

米兰认为所有的东西都该有家。比如，袜子是脚趾头的家，创可贴是伤口的家，云是太阳的家……

刚刚过去的夏秋季节因发现登革热，要杀灭蚊子，周边屡屡喷药水。米兰听外公说了一句，好像鸟鸣声都少了许多，忧心忡忡了好一阵，小鸟都死了吗？

看到鸟窝，高兴了，"米兰想去小鸟的家玩玩。"

最近一次的伤心是为了一根树枝。

树枝是从公园的小山上捡的，青黄柔韧，约半米长。甩来甩去，玩了一上午，12点钟了，不肯回家。

一步一回头，走到家附近，非要绕路去一家文具店。文具加玩具，每天回家路上必逛。外婆说，那你的树枝得留门口，不能拿进去横扫吧。

逛完，回家，快到家门口，忽然大哭，伤心欲绝。"米兰的树枝……"她想这么珍贵的东西，一定被小朋友捡走了。

以最快的速度跑回去看，幸好，还在。

好玩具

一岁不到，爸爸送给米兰一大袋乐高。

有多大袋？立起来有她一人高。有多大袋？为了制造惊喜，爸爸倒提"哗"一下倒出来，米兰吓哭了。

起初玩乐高，小手还不听使唤，拼接两块都不容易，反过来翻过去，对上了，惊喜。对不上，超过了忍耐极限，扔得老远。

接下来学认颜色，总是把红色先挑

出来，小女孩都喜欢红色，似乎没有例外。

　　一岁半开始简单搭建，两岁，与外婆一起建游乐园，跷跷板、滑梯、攀登架……滑梯造得很高，小玩偶们一个接一个东倒西歪地滑下来，开心之极。

　　妈妈送给她小猪佩奇玩偶一组，米兰就动手为它们搭建一个家。一间大房子，有门有窗。两辆车，一辆蓝色的，猪爸爸开去上班；猪妈妈的车是红色的，开车送佩奇和弟弟乔治上幼儿园，然后去超市买菜。晚上一家四口在房子里睡觉。

　　乐高玩不厌，因为可以"深度开发"，是好玩具。

　　架子鼓就没这么好运了。

吃完晚饭，米兰拿筷子敲碗，叮叮咚咚。妈妈干脆将杯子、瓶子也聚拢来让她敲击，高高低低，音色各异，像打架子鼓。拍了视频发给爸爸看，过几天，爸爸买回一套玩具架子鼓。

装配了半天，安好话筒，装上电池，边敲击边唱，样子很酷。可是玩了最多一个星期，大概嫌缺少变化，她说："我不想玩了，送给小弟弟吧。"自从给小表弟送过一次玩具，凡厌倦了的玩具，她都想送给小弟弟。

两岁半，迷上了家附近的文具店，每天遛弯必定要去逛一圈。店里的小玩具，一样一样摸过来。她想买，外婆说不买，她问为什么，告诉她这属于玩几天就想扔掉的玩具，她说那我把家里的先扔掉，就可以买了吗？不可以。大哭。

不买，实在是因为已经太多。今天的孩子，都有堆积如山的玩具。妈妈曾订购一整年的成长玩具，每月送来一整箱，似乎多多益善。

有研究机构招募幼儿来玩玩具，有的给几个玩具，有的给十几个玩具。研究人员在一旁观察，结果发现，玩具少的孩子更有想象力、创造性，更不容易分心。

　　文具店里买到最好的玩具，是一把八元钱的塑料小剪刀。十分神奇，看起来钝钝的，啥都不能剪，唯剪纸很管用。米兰玩那些电池驱动的玩具很容易厌倦，一把小剪刀一张纸，她可以专心玩半个小时以上。

　　好的玩具，是简单的。

　　妈妈买了箱爱心梨，米兰拆箱，立刻爱上了泡沫板。那种泡沫板特别松软，一掰就碎。米兰将其随心掰扯成需要的形状，随意拼搭。最喜欢掉下来的小颗粒，像雪白的米粒，扒拉扒拉搜集，盛满了她的玩具电饭煲，咕嘟咕嘟地煮。玩得衣服上头发上地上，满世界都是。她干脆一把一把扬起来："下雪啦，下雪啦！"阿姨从厨房出来，我的妈呀！世界变了样。

　　直到几天后，米兰的鞋底上，还发现嵌有白色小颗粒，她用牙签一粒粒剔出来，好不惊喜。

　　好玩具，无处不在。

丫丫一班

两周岁九个月，米兰上幼儿园亲子班，口授填写了她的第一份履历表。

姓名、年龄、性别、家庭住址、爸爸妈妈姓名……都能说对。"长颈鹿亲子幼儿园丫丫一班"，长长一串，表述得尤其清楚。

"最喜欢的人"一栏，以为她会在爸爸妈妈爷爷奶奶等亲人中举棋不定，她却毫不迟疑地说："杨扬。"杨扬是丫丫一班的小男生。做操做游戏，两个一组转圈圈，米兰总是找杨扬，杨扬也总是找米兰。有一天，杨扬没来，她问遍了所有人："杨扬为什么没有来？"

　　每次都由老师和家长做评价记录。情绪——永远是"开心"；主动性——进步很大；坚持性，为最弱项，上课椅子坐不牢，扭来扭去，几次跌到地上坐个屁股墩。感冒流鼻涕好起来的一段时间，上课老抠鼻子，老师让小朋友拍手，她的手指不伸直，蜷起来拍，原来指尖捏着她视若珍宝的小鼻屎。

　　人人小时候都经历过的举手发言，是一个等待和期盼的过程，这个过程对于三岁以下小孩太过漫长。

通常是，一举手就站起来，一站起就说出了答案，同步。

规定上课不吃东西，她却不时扭头对外婆说："偷偷吃一块苹果好不好？"尚不知纪律为何物。

玩间隔游戏，依次上去放置塑料块，一红，一蓝，一红，一蓝……轮到米兰，前一个是红，她又放了块红的，老师说再放一块，她还是放红的。问："为什么？"她答："我就喜欢红的。"

抓住小朋友后衣襟，一个接一个走路，开"小火车"。杨扬不想开"小火车"，一个人独自走。米兰就抓着杨扬的后衣襟，两个小朋友另开一列。

也能得表扬。做填图作业，米兰填完了小白兔的两只红眼睛，就失去耐心开始涂鸦，交上去时已经完全没了兔子形状。老师点评尽显专业，没有表扬谁谁画得好，却表扬谁谁都是自己画的，于是米兰得了表扬。

两列纵队，学青蛙跳比赛。轮到米兰，身体下沉，两手一背，做出爸爸教了很久的完美的蛙跳动作。老师立即伸大拇指说："棒！"一局结束，老师让米兰给全班小朋友做了示范。后来，外婆在爸爸妈妈那儿显摆，米兰问："什么是示范？"

中午放学，园方规定需尽快回家，她却总是尽量磨蹭，沙坑、滑梯、小电话亭、小三轮车、滑板车……每样都想玩一遍。更感兴趣的是哥哥姐姐们的作品：捏的泥工、做的风车、种的花草、养的小蝌蚪……放大镜、洒水壶、捞鱼网兜等小工具，每样都要摸一遍，手痒。

有一天下雨，不能在外头玩，就在走廊里流连。教室里中班小班的孩子正在吃饭，她看人家吃饭，人家看她玩。怎么都拖不走。

一位美丽的女老师出来，蹲下问米兰："你叫什么？""米兰。""这是捏的什么？""小蝌蚪。""老师给米兰布置作业，回家捏一个小蝌蚪，下次拿来放在这里面。好吗？"乖乖点头。"米兰现在回家了，好吗？"乖乖走人。

两岁半多，懂事起来很懂事："我已经是大孩子了。"胡闹起来依然胡闹，一不高兴，吐饭、扔玩具，重返小婴儿。现在有了杀手锏，只消说："你是长颈鹿亲子幼儿园丫丫一班的小朋友。"立刻收敛。

三岁以上

　　米兰拐进家门口的文具店，橡皮泥、小剪刀、音乐盒……一样一样，拿起又放下。

　　最近不再念叨"这个是什么?"，改口为："三岁以上吗?"

　　以前她要买啥，告诉她得"三岁以上"才能玩，就不响了。她觉得那是遥不可及的将来。

　　现在她耍小婴儿脾气时，大人说："你都快三岁了啊。"她听出弦外之音，快三岁了？狂喜，这么说，三岁以上的那些宝贝，都该属于我了？三岁以上，是不是拥有了全世界？

三岁差几个月的小孩，自信心开始爆棚。

问："双休日爸爸妈妈带她去了哪里？""苏堤。""苏堤好玩吗？"她万分惊讶："苏堤你都不知道吗？"

拿一本刚买的英语单词书问阿姨："这个什么？""不知道。""这个什么？""不知道"……"阿姨，你怎么什么都不知道呢？"阿姨说："那你教我好了"。她立马教了三个词儿：爸爸、妈妈、贝贝。她只会这三个。

喜欢反诘句。熊猫玩偶掉水里了，外婆问熊猫有没有哭？"熊猫是假的，怎么会哭？"

音乐盒忘了关，外婆说电都跑光了，"它又没有脚，怎么会跑？"

外婆说："那梅花鹿也是假的，怎么会说话？""梅花鹿是她虚拟的好朋友。"

"梅花鹿是真的，它和我聊天，你们听不见，是我们的秘密。"

三岁差几个月的小孩，胆子变大。曾经怕打雷、怕装修的声音，现在说："打雷很好玩的。""装修很好玩的。"曾经鼻子塞住急得哭，现在说："擤鼻涕很好玩的。"甚至高烧刚刚退下，"挂盐水很好玩的。"

电视里在放沙尘暴的镜头，跟她说，沙尘暴，小朋友不能出门，风里都是沙子。她想一想说："怎么不可以？眼睛嘛用书包遮住，耳朵嘛用耳机戴牢，屁股没事的是吧。"一副啥都不在话下的气势。

讲到女娲补天，她反应迅速："用双面胶补吧。"她的书翻破，都是双面胶补的。跟她讲，天的窟窿很大，有那么大双面胶吗？她说："那就让哆啦A梦变一个大的呀。"

无论中外的童话故事，总是有很多的穷人，穷人总是没饭吃。"那我就天天给她送饭。"穷人砍了柴没有马车运，需要一趟趟背，腰都压弯了。"那我就送给他一辆大卡车。"

　　看过《白雪公主》，她跟谁闹别扭了，"我要用毒苹果把你毒死。"外婆大惊失色，"不可以！只能毒坏人。""把王后毒死，可以的吧。"

　　快要三岁的小孩，自我感觉力量无穷，无所不能。外婆拧不开的瓶盖，她说："我来！"

　　上幼儿园亲子班，米兰口授填写了她的第一份履历表。

　　履历表中最后三项，她的回答几乎是一致的：最喜欢的动画片——小猪佩奇；最喜欢的玩具——小猪佩奇；最喜欢去的地方——小猪佩奇游乐园。人认识世界之初，那"最"该是有多"最"啊。活着活着，事事看淡了，感觉磨秃噜了，就没有"最"了，好的没有那么好，坏的也没有那么坏。

　　几个月前，杭州的小猪佩奇游乐园刚刚开张，爸爸妈妈就带她去凑热闹了。回来有些沮丧，因为很多项目标明需要三岁以上，米兰不能玩。

也许是那次人太多到处排长队吧，也许是两个月过去米兰确实长大了，今天去，管理员阿姨叔叔端详米兰一下，都说，可以呀，三岁有了吧。其实离她的生日还有两个月。

今天米兰得意极了，不仅是玩了许多上次不能玩的项目，更是因为，三岁以上了呀。

演出开始了

爸爸妈妈带着哥哥姐姐们看戏去了。只剩下小小的安娜和干爸爸在家。

干爸爸向小安娜建议:"我们也来看戏吧!而且,演出马上就开始。"小安娜很吃惊:"但是我们没有舞台,也没有人来演啊。"

"一个人只要把自己的本领使出来,就可以演戏。"干爸爸用一个木头匣子当舞台背景,两边各放置了三本书,代表侧幕。

那么演员呢？别急，干爸爸找来一个烟斗头，一只单手套。分别扮演父亲和女儿。小安娜也找到哥哥的旧马甲和一只长统靴，来扮演恋人和求婚者。

光看人物，戏剧冲突就出来了，多么有趣的一出戏啊。

晚上九点多，米兰躺在床上，听安徒生的故事《在小宝宝的房间里》，本来快要睡着了，听到这里她忽地坐起来："我们明天也来演出好不好？"

小孩天生有虚拟的能力。一岁多，她说想变成小狗。"怎么变？"妈妈问。她走到专门为她装的落地镜前，看着镜子里的自己。瞪大眼睛，吐吐舌头。妈妈问："变了吗？"她说："变了。""米兰是什么颜色的小狗？""白色的，有黑斑点。妈妈你没有看到吗？"

　　夏天用空调被搭个小房子，米兰忽然惊慌地说："不要让白武士和黑武士进来！"（白武士和黑武士：爸爸买的车用靠垫、《星球大战》中的角色）外婆问进来了吗？"进来了呀。"米兰语带哭腔，复又转为轻松愉快："我把它们赶出去了。"

　　这一切全是自导自演。

　　常常有成人争论要不要让孩子相信圣诞老人，争啥呢？大人能看到的东西小孩终有一天能看到，小孩能看到的东西大人此生不再能看到。

　　绘本上有北斗七星，书中的孩子说："像平底锅。"米兰说："像风筝。"

　　米兰对风筝向来热衷。两岁多，有一天，妈妈下班问："米兰今天玩什么？""放风筝。"哦，妈妈惊讶。下雨天，怎么放风筝？

　　其实只是一筒暗红色的塑料捆扎绳，可以从中间源源不断地扯出来。米兰将它放在餐桌边的窗台上，然后扯着绳头向远处跑，跑过客厅，跑过房间，跑向阳台。哇哦，风筝飞得好高啊，你看你看在蓝天白云里飞，外婆你看见了没有？

专家大谈培养小孩的想象力。怎么培养？她本来就是天马行空，你晚一点将她拽到地上来就好。

三岁，米兰听故事的要求高了，先得征求她，想听谁的故事？

目前主供选择的有四个爷爷：安徒生爷爷、格林爷爷、伊索爷爷，还有中国爷爷。咱老祖宗的传说神话，一概归中国爷爷。

安徒生爷爷的童话，妈妈听过，外婆听过，《卖火柴的小女孩》《丑小鸭》《海的女儿》《皇帝的新装》……烂熟，但我们都没听过《在小宝宝的房间里》，米兰比我们先听到。

米兰被这个故事迷住了，第二天就策划一场规模宏大的演出。

用五颜六色的乐高搭建出半圆形舞台。单个小乐高整齐地在台下码成两排，他们都是丫丫一班的小朋友，杨扬、乐乐、小苹果……个个有名有姓。

演出开始了。台上铺着卷心菜叶子，小猪佩奇和弟弟乔治当演员，猪爸爸开车送他们去上学，大象挡住了路，乔治大哭。美丽的芭比公主踮着脚尖出场，她跳的是芭蕾舞。还有盘子小姐圆舞曲，它像陀螺一样旋转旋转……

"我们的戏是不是跟别人在真舞台上演的一样好？"

"我们的戏演得好多了！"干爸爸说。"它不长，而且不花钱就可以看到。"

最后两句是安徒生爷爷的文章结尾。米兰也深以为然。

三叶虫的传说

世界上很多事情，是没有为什么的，比如米兰认定："三叶虫是我的好朋友。"

动物那么多，为什么是三叶虫呢？

另一个好朋友梅花鹿，倒有来历。小时候米兰皮肤容易过敏，一抓就破，所以妈妈三日两头给她修剪指甲。修指甲时小手乱动，需要转移注意力。这个艰巨的任务落到了外婆身上，外婆来到窗边，以食指和中指为两条腿，交叉递进，模拟一个小动物飞快地从天而降，来找米兰玩儿。

她看得十分入神。问她："来的是谁?"她答:"是我的好朋友梅花鹿"。

一岁时，妈妈给米兰带来一本好书——《猜一猜，找一找》。由浙江省自然博物馆编写，大开本，摊开左右两页，正好能容一幅展出的实景图："寒武纪生命大爆发""鹦鹉螺的海洋""恐龙时代"……铜版纸，厚而结实，耐蹂躏。还有动物谜语、黏贴纸，趣味十足，成了米兰百看不厌的书之一。

一开始，手指点点戳戳，每一种都要问，每看一次都必须从头问到底。忙人肯定会觉得不厌其烦，外婆退休闲人一枚，不烦。"这是什么?""老虎。""这是什么?""大象。""这是什么?""翻车鲀。""这是什么?""蝠鲼。"后两种外婆以前也不认得，和米兰一起学的。其实就陈列在浙江省自然博物馆进门正对最大的标本展台上。

喜欢在吃饭的时候看，看到后来，书页中不时翻到个干结的饭粒儿，她小心地抠下来，珍藏在口袋里。小孩喜欢珍藏特小的物事，包括一粒小鼻屎。

一岁看到三岁，滚瓜烂熟。外婆念开场白："小朋友们，欢迎来到自然博物馆。"她马上纠正："浙江省自然博物馆。"

三周岁刚过，亲子幼儿园也放假了，这天，米兰郑重提出，要去浙江省自然博物馆，要带上书，按图索骥。

之所以能带上书，还有个先决条件。之前已经破烂到不成样，一页一页都散了架。进行过一次大修，先用针线整本缝好，再用透明胶带纸修补边角。有一页上曾抠出一个洞，每翻到这儿，米兰都要抠两下，越抠越大。大修一并补好，令米兰失望：小虫子爬不过来了。原来她的世界里，书页中的小动物都是可以串门的。

当然也可以穿越时空。

外婆讲："很久很久以前的寒武纪，地球上一个人也没有，没有爸爸妈妈爷爷奶奶，没有亲子班的老师同学，动物一个也没有，没有熊猫火烈鸟，没有小狗小猫……只有三叶虫。"

米兰听得凝神屏息，后来有一天，她说："很久很久以前，我在妈妈肚子里的时候，我没有朋友，只有一个好朋友，就是三叶虫。"

"我每天找三叶虫一起玩,它住得很远很远。""那你是怎么去的?""我一个人坐公交车去的,到了站我就喊,有个小孩要下车……"

"我们玩比赛打水。""谁赢了?""两个人都赢的,然后,我就飞快地到冰箱里拿两个迷你小冰淇淋,一人一个。"

"我和三叶虫去动物园,三叶虫胆子很大,敢骑在老虎背上。""它不怕老虎吗?""老虎怕三叶虫的。"

应该没有人会质疑三叶虫这个朋友的真实性,也许是米兰自己觉得需要一个证据。那天手捧着书,在浙江省自然博物馆和三叶虫合了影,回来若有所思。"我和三叶虫拍了很多照片的,在手机里面,手机有密码。""照片可以看看吗?""不行,拍得很糊很糊,已经删光了。"

同上幼儿园

　　一个班 30 名学员。15 个小童，15 个成人，对半。

　　15 个小童清一色，三岁上下，下半年要上幼儿园的孩子；15 个成人参差不齐，爷爷奶奶外公外婆，爸爸妈妈，阿姨，姑姑……陪读。

　　围成半圆，小童坐前面，家长坐自家孩子背后，开始点名。

　　点名以唱歌的形式。老师唱："米兰，米兰，你在哪里?"米兰唱："我在这里，我在这里，顾老师，你好。"

不算完成，还有一步："米兰外婆，米兰外婆，你在哪里?""我在这里，我在这里，大家早上好。"

简单的谱子，也不是每个家长都能唱，尤其老人，有的像说话一样，但个个都十分认真，恪尽家长之责。

这是公立幼儿园的亲子班，和各类宝贝培训班恒温全封闭的绝对安全环境很是不同。操场的地面被孩子们疯玩了一个学期，有点儿破。树丛花木中，有蚊子出没。高高的滑梯、攀登架、沙坑、小电话亭、小邮筒、小菜园……户外空间广阔。小三轮小自行车滑板车，操场四圈停放着，令初来乍到的孩子兴奋不已，一下课拖得满场都是。

老师很专业，在一边静静注视，微笑不语。上课开始之前，淡淡地说："我要表扬小水晶的爷爷，把小水晶玩过的车放回原地。"

奇迹出现了，第二次玩时，所有家长都自觉归置孩子玩过的车。老师却说："今天我要表扬汤圆小朋友，他的车，是自己放回原处的。"

下一次的状况，可想而知。

多数家长活过大半辈子了，就如普通人群的缩影，平日的生活里，保不齐有勤勉的有懒散的，有自律的有陋习难改的，有谈吐儒雅也有出口成脏的，但在幼儿园，就一个字：乖，像重新做人了一样。

有个"宝贝培训班"，培养艺术思维，一会儿沙子一会儿雪，一会儿野人打绳结，戴面具跳密宗，搅奶油做蛋糕……五彩颜料满世界飞，米兰特喜欢。

课一结束，家长忙不迭拉着各自的小孩去洗手擦脸，而勤杂工早等候一旁，以飞快的速度清理现场，以备下一堂课准点开始。

不用说，价格不菲。

以安爸爸评价公立幼儿园的亲子班价廉物美。极是。

美在哪里？不光孩子，连陪读者都进步了，或者说，一些久违了的人生基本道理，他们得以重拾。

比如，家里常年有阿姨的，无论吃完饭或做完事，已经习惯不加收拾，让人擦屁股。

到了亲子班，做完手工，只消一会儿功夫，大人小孩齐动手，画笔、胶水、剪刀码得整整齐齐，桌子溜光，地上一点点纸屑都不剩。

米兰以前在家从不收拾玩具，一面玩，一面扔，甚至故意乱扔，阿姨跟在屁股后面捡。现在玩儿完医生游戏，听诊器、体温计、针筒、显微镜、压舌板……一一装进小筐，再放到规定的地方。因为妈妈说要睡觉了，跑得急绊了一跤，小筐摔老远，东西全部倒翻。起身，想哭，嘴撇了一下，还是再次收拾好。

老师笑说："亲子班很穷的。"惹得家长们都想来捐款。

玩儿废报纸，大人小孩一同站上面。对折，一同站。再对折，一同站，再对折，再对折……小到只有豆腐干大小，杨杨爸爸大脚一跺，抱起杨杨，胜出！

玩儿废旧奶粉罐，清洗干净，刷上红黄蓝色，一个一个排排站，孩子们走丁步。

一方塑料薄膜，粘上自己剪的小星星，四角扎四根线，做成降落伞，晃晃悠悠自天而降。

天热了，每人发一块硬纸板，画成圆形、心形、扇形，爱涂啥色涂啥色，剪出来，订上一根吸管，做把扇子摇摇。

如今哪家不是每天清出各种废品，快递箱、广告纸，幼儿园老师说："我们没有废品，都是玩具。"

三周岁过了的夏天，米兰每天盼着迷你冰激凌甜筒。吃一截，外面的纸杯撕掉一圈，撕到最后，冰激凌吃完，剩一个纸杯的小尖尖，反过来变成一顶金色的圣诞帽，戴小手指上。这是外婆和米兰的共同游戏。

有一天忽然大哭，那天妈妈帮米兰撕纸杯，不明就里，将她的圣诞帽扔垃圾筒里了。妈妈不上幼儿园，落伍了不是？

单飞

"看着小孙女被迫脱离家庭环境，为踏入社会作准备，心里不知道什么滋味？"

妞妞两岁半，是暑托班里年龄最小的。十来个孩子唱歌做操，妞妞呆立在中间。妞妞爷爷于是大发感慨。

妞妞是米兰的同学。米兰两个月前收到幼儿园入园通知，为了让她提早适应，初夏伊始，妈妈将她送进了暑期托班——单飞训练营。有生以来，她从未

脱离过家长的视线。

暑托班建了微信群，两个老师一个阿姨，十来个孩子的爸爸妈妈及祖辈，人丁兴旺，参与度极高，属最不无聊的群。中午，孩子午睡了，老师把一上午的图片视频，做操、游戏、绘画、点心、午餐……

一一发到群里。每个孩子都有特写，内容庞大，原本清净的夏日午后，叮叮咚咚手机响个不停。

一点也不烦，若迟迟不响，还挺惦记。

妞妞爷爷的感慨，就是发在这个群里的。

暑托班第一天，米兰妈妈从群里的照片上仔细端详女儿，忍不住发了条朋友圈："小朋友上暑托班第一天，乖乖吃，乖乖睡，跳舞听故事样样配合，没有一点分离焦虑，你成长的速度比妈妈预期的快。"

有个资深妈妈立即回复："过两天就回过神

来了。"

没错，第二天开始哭，第三天大哭，从出门下楼哭到公交车站，哭完公交车全程，哭到暑托班走廊，哭进教室，惊天动地，以泪洗面。

为什么是第三天？也许她终于明白，非去不可。

据老师说，家长走后，立即止住了。做操、游戏、绘画、点心、午餐、午睡……没事人一样。

真的没事了？其时她心里在想什么？

"做一个小孩子并不是一件容易的事，安静不容易，交朋友不容易，不知道该如何融入，融入哪里，很多时候，你会觉得自己是被扔到这个世界上的，每个人都了解这里的规则，只有你不明白。"一位童书作者的描述，揣摩了孩子突然来到一个陌生场景中的无助和悲伤。

哭完第一周，双休日后的第二周，不再哭，改用商榷："我不想去。""为什么？""肥肥推我。"

暗喜。第一，她亲自知道了小朋友的名字；第二，和小朋友有了交往交流。之前上了半年的亲子班，由家长陪读，看似热热闹闹，细想来完全是家长在起劲。比如第一天上课，杨杨爸爸就给米兰一根超大棒棒糖，于是米兰就爱上了杨杨。

妈妈听了米兰的叙述后说："肥肥是想跟你玩儿，你要是不喜欢他推你，可以扮小恐龙。"小恐龙是米兰从小的游戏，呲着牙，舞动两只小爪子，发出吼吼声。

肥肥是个小猛男，跟文气的杨杨完全不同，跟见人就笑的嘟嘟也不同。米兰和嘟嘟是亲子班的同学，在暑托班分开了。米兰每天要等嘟嘟一起走。有一天在暑托班的活动区域，一个女孩对嘟嘟说："我俩当警察，她（指米兰）当坏蛋。"嘟嘟立即说："不行，我们三个都是警察，肥肥当坏蛋。"

米兰有了自己的"朋友圈"。

活动区域有滑梯有轮船有小房子，所有的孩子都一样，早上不肯来，放学不肯走，赖在活动区域玩，有一天快下雷雨，所有孩子都先走了，当大雨落下来时，只剩米兰和一个姐姐还在玩。

姐姐对米兰很好，帮着她攀登，在上面接应，爬上爬下永不厌倦。终于玩累了，大雨还在下，两个女孩并排坐在滑梯的台阶上，她主动发问："姐姐，你叫什么名字啊？我叫米兰。"

姐姐回答了什么，外婆没有听清，窗外雷声隆隆。回家问米兰，米兰也没有听清，"我叫她火龙果姐。""为啥？""她裙子上，都是火龙果哦。"

有一天，老师在群里放了米兰和一个女孩拥抱的图，米兰回家说："我交了一个好朋友，叫可爱多。"

过几天米兰回家说："我又交了一个好朋友，叫小易。"

做早操视频中，原先老师把米兰安排在前面，忽然一天，就站到后排去了，问："为什么？"答："因为想和小易站一起。"

有一天，小易妈妈在群里说："老师，小易下周开始不来了，谢谢你们一直以来的照顾。"

好朋友不辞而别，米兰会不会伤心？

那天，米兰回家说："小易不来了，她的幼儿园提早开学了。"哦，原来她们有过辞别，交流有效。

探险

早上，米兰搭妈妈的车上幼儿园。

妈妈提早去开车，从窄窄的弄堂里挪出车来，不是一件容易的事。米兰和外婆就在一棵大树下等。

大树的根部有一个碗口大的洞，黑森森的，米兰每次都要俯身朝洞里张望，"里面有一只橘色的西瓜虫。""两只蚂蚁爬出来了。它们想去干嘛?"

坐上了妈妈的车，还在惦念："我可以去树洞里玩吗?"

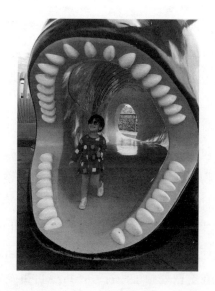

　　和所有小孩子一样，米兰怕黑，入睡前一定得开着灯。她喜爱的东西中，有一支微型手电筒，晃来晃去，在黑暗中射出一道光亮。

　　超市买米兰爱吃的核桃包，附送了一辆发光的小汽车，一圈一圈地在各色相间的轨道上跑，色彩变幻煞是好看。

　　外婆建议，到卧室去，把灯关掉试试看。

　　米兰好激动。在光明处，她看到的是小汽车，在黑暗中，她看到了流动的光。

之后，她对黑屋子有了新的认识。得到一个小猪佩奇的幻灯盒子，她喜欢将客人拉到黑屋子，关上门，一页一页在白墙背景上播放，"好看吧？"

最近，米兰迷上了探险游戏。

出发前她要做充分的准备，顶顶要紧的手电筒，放在双肩包的外侧小口袋，另一侧是小瓶水。很多塑胶仿真食物：面包、胡萝卜、大葱……墨镜、《藏宝图》。包很沉。

《藏宝图》是她悄悄制作的，一张幼儿园发回来的平安交通宣传单，卡通图案，很多的标记和箭头，她自己又在空白处画了些符号，折叠再折叠，用黏黏纸封口，装在双肩包内层小贴袋，谁都不许拆封，天机不可泄漏。

晚饭后，她提议去"山洞"探险。

背好包，进卧室，关门，关灯，打开手电筒，脚步立刻变轻了，说话悄声，屏息敛神。

先去了与卧室相连的阳台。"快来看，这里有一辆滑板车，"手电筒晃了晃，推测道，"红色的，这间屋子住着一个小女孩吧。唔，还有篮球架……"

阳台上还有些远处射来的光，反身进屋，则是漆黑一片。人影子在白墙上，忽大忽小。

手电筒照到墙上的照片，"有一个叔叔，一个阿姨。""他们长得好看吗？""一般。""他们结婚了吗，有小宝宝吗？""有啊，不是有滑板车吗？"

角角落落察看了一圈，米兰说："探险很累的，我饿了，我们吃点东西吧。""刚吃过饭，饿了？"米兰不屑："哎呀，外婆真是老年纪人，这是假的，你不知道吗？"她在爬行垫上一坐，打开双肩包，取出白米饭、牛肉饼、大葱……就着水，大口大口地嚼，就像一个真正的探险家。

《藏宝图》拆封，手电筒照着看了半天，走向大衣橱，一扇又一扇门，打开又关上。米兰身高刚超过了一米，刚可以够到大衣橱的拉手。

忽然发出惊呼："原来它们都在这儿！"

小时候她有过数不清的毛绒玩具，曾经一溜儿坐在客厅长长的电视机柜上，米兰给它们讲故事，教它们唱歌；现在那地儿辟作停车场，停着各种车辆。目前最爱的是一辆露营车，里头家具电器一应俱全，床和沙发皆可折叠，与真正的房车没啥区别，小到一杯啤酒一块香皂都十分逼真，抽屉里，当然少不了一张《藏宝图》。

拼图、乐高、彩泥……3 岁之后的新玩具占据了米兰的大部分心思。毛绒玩具都去哪儿了，米兰还真没追究过。

小猪佩奇一家，巧虎和妹妹，兔子三个，熊猫若干，火烈鸟，北极狐，企鹅，大象……它们全部被洗干净收好，占据了大衣橱的满满一格。在那个探险的晚上，米兰带着哭腔说："原来你们都被关在这里，好可怜啊。"

边说边飞快地往外扒拉，她要解救她亲爱的小伙伴。

三岁四个月零几天，睡前米兰说："关灯吧。"

上课啦

三周岁半，米兰已经上了将近一学期的幼儿园。其实只上了一半不到，三天两头感冒，扁桃体炎，支气管炎，甚至肺炎住院。

病房里她倍感无聊，戴上口罩到隔壁去串门，正好遇到护士长阿姨，对她说："不要走来走去，你是小病人哦。"米兰说："我不是小病人。""那你是什么人？""我是小好人。"

男护士推进来一个仪器，在米兰背

脊上"突突突突"，上上下下，排痰。米兰痒得不行，扭来扭去，狂笑狂咳嗽，男护士只好作罢，跟家属说，你们多给她拍拍背。

第二天，给外婆下套："外婆你怕不怕痒？""还好啦。"她狡黠地笑："要不要给你排痰啊？突突突突……"

住院画画的内容都不一样，画一个椭圆。"啥？""是胃，"在里面胡乱画了几笔，说，"快要呕吐的胃。"

住院期间最向往的是病房大楼一层的小卖部，琳琅满目的玩具。米兰跟妈妈说："我长大要到儿童医院上班。""好啊，做医生呢？还是护士呢？""我要到儿童医院的小卖部上班。"

阿姨在小卖部给米兰买了套汪汪队立大功玩偶，米兰每天给狗狗们上课："阿奇、小力、天天、毛毛……"一一点名，度过了百无聊赖的住院时光。

三周岁半，上过几天小班的米兰开始热衷上课游戏，先是让她的玩具充当小朋友，觉得没劲，就发展为真人。

她坐上家里最大的一张转椅（老板椅），其他在场人员有一个拖一个，妈妈、外婆、阿姨……一律小凳子上排排坐。

上课啦。

"老师，今天上什么课？""等一下，"她跑到某个角落捣鼓一下，"我要问一问按钮。"

唱歌、跳舞、讲故事，课程很丰富。数学课，是她在婴儿时代的爬行垫上按照数字顺序跳方块。"小朋友"也想跳，不可以，"只能老师跳。"

有一天，她向"小朋友"发问："长颈鹿知道自

153

己是长颈鹿吗?"

外婆想不好怎么回答,求教万能的"家庭群"。

米兰学化学的舅舅这样答:"不知道。因为和选择参照系有关,它一出生就认为脖子就应该这么长,所以它应该叫普通鹿为短颈鹿,还特别同情它们吃不到高高的叶子。"

米兰学中文的小姨这样答:"知道。小长颈鹿到幼儿园去时,发现别的小朋友都没有它高,它回家问爸爸,爸爸告诉它,因为我们是长颈鹿啊。第二天,别的小朋友都跑来告诉它,你是长颈鹿,小长颈鹿说:我已经知道啦。"

外婆也想了一个答案:"长颈鹿不一定知道自己叫长颈鹿,但一定知道自己是谁,只有人,有时不知道自己是谁。所以老要问:我是谁?"

外婆将三个答案一一递交给米兰老师。

米兰老师想了一下,给学中文的小姨一个奖励。

一天上课,米兰老师用魔法棒变魔术,有个"小朋友"(妈妈)要求每人发一根魔法棒。米兰老师去客厅迅速转了一圈,回来讲:"已经买好了。""在哪啊?""网上买的,明天快递送到。"

有一天，上课的"小朋友"中有个男孩（爸爸），课堂纪律很差，一会儿要求喝水，过会儿又要求要尿尿，米兰老师很生气，到外间转了一圈，拿回来一把玩具枪，拍在桌上。

男孩依然胡闹，不好好坐小凳子，整个人溜到地上。米兰老师拿起枪"叭"地一声，男孩应声倒地，配合默契。

过会儿，三打白骨精里的情节发生了，男孩化身"爷爷"，佝偻着进来："老师，我来接孙子了，我的孙子呢？"

米兰老师轻描淡写地说："他上课不乖，被我弄死了。"

然后宣布下课，给表现好的"小朋友"（外婆）小星星贴纸奖励，外加一个大大的拥抱。

三叶虫是什么人

"三叶虫噢……"米兰总是这样开头。

幼儿园的小电话亭她时常光顾。"你是三叶虫吗？我在幼儿园啊，嗯，嗯，好的，好的。挂了啊。"

认识了公交车上的逃生锤。米兰说："公交车上有坏人，我和三叶虫一人一把逃生锤。一下子把玻璃打碎了。"

米兰刚上小班时尿了几次裤子，有次甚至把备用的又尿湿了，光屁股坐在被子里等外婆送裤子。

一个月后适应了。有一天放学回家路上说："三叶虫噢，今天尿裤子啦，阿姨刚刚给他换好，又尿啦，可笑吧。"捂着嘴吃吃地笑。

米兰和三叶虫的友谊，起源于浙江省自然博物馆编的一本画册。那时她两岁多点，行动能力已经很强，玩具扔得满地都是，从早到晚觉得无聊，时不时把这本书推到外婆面前："讲。"命令式的。

"很久很久以前的寒武纪，地球上一个人也没有，没有爸爸妈妈爷爷奶奶，没有亲子班的老师同学，没有小狗小猫……只有三叶虫。"

米兰听得凝神屏息，后来有一天，她说："很久很久以前，我在妈妈肚子里的时候，我没有朋友，只有一个好朋友，就是三叶虫。"

从此三叶虫进入了米兰的生活，和米兰一起长大，成了米兰形影不离的朋友。

三叶虫兼有各种角色，保护神，小可怜，替罪羊，无所不能，无恶不作，死去活来，一共有十条命，比猫多一条。

幼儿园老师打电话，说米兰有点发烧，让早些接。从幼儿园出来，天下着寒雨，公交车久等不来，一辆的士停下来，就坐了上去。岂知那司机是个外地新手，开错了车道，只能大转弯绕圈，本来只有一站路，绕了20几分钟。

路上米兰小声说："外婆我害怕。""怕啥？""这个叔叔要把我们开到哪里去？我怕我再也见不到爸爸妈妈了。"

终于下车，米兰舒了口气说："刚才三叶虫跟我说没事，有他呢。""三叶虫可以打败司机吗？""不是，三叶虫有直升飞机，不管我们在哪里都能很快飞回家。"

有时却说："三叶虫噢，没有爸爸妈妈，也没有阿姨。""那他很可怜吧。""不可怜，有我照顾他，我照顾得很好的。喝奶就给他看 iPad，拉大便就捧住他的头。我对他很好很好的。"

关于三叶虫的家庭，版本不一，有一天，她又说："三叶虫今天看上去很忧郁。""为什么呢？""可能是因为他妈妈上班了吧。""不是说三叶虫没有爸爸妈妈的吗？""噢，这是另外一个三叶虫。""三叶虫有好几个吗？""一共十个。"

所以嘛，就可以死去活来了。

学会走路不久外婆跟她讲过，不要踩窨井盖，小心踩松了掉下去。两年过去了，米兰记得牢牢的，总是绕着窨井盖走。"三叶虫噢，很喜欢跳窨井盖的，就掉下去了。""那是个什么窨井？水还是电？""有水有电有大便。""那他还上得来吗？""上不来，死了。"

在一家颇气派的餐馆吃饭，座位正好靠着一扇高大的屏风隔断，木头花格很漂亮。米兰说："三叶虫想把它推倒。"妈妈说："三叶虫推不动吧。"米兰说："一下子就推倒了。又扶起来了。"

草地上并排三个蘑菇，米兰说："三叶虫有并排85个蘑菇。"

妈妈说："米兰手指甲这么长，才剪了几天呀。"米兰说："三叶虫的指甲有大象鼻子那么长。他还想涂指甲油。好笑吧。"

爸爸说："我们来数数，数到 20 好不好？"米兰说："我和三叶虫数到一亿。"

幼儿园放寒假了，问："要不要请三叶虫来家里吃饭？"米兰说："我请了，他不肯来。""为什么？""他说我们家太小了。""三叶虫家里很大吗？""大啊，有 25 层。"米兰爸妈倍感压力。

妈妈有块三叶虫化石，偶尔拿出来，米兰亲了又亲。问："三叶虫已经灭绝了吗？"有点忧伤。

三叶虫究竟是什么人？

他是米兰的小伙伴，保护神，小可怜，替罪羊，无所不能，无恶不作，死去活来，一共有十条命——这是外婆的总结。

米兰自己总结得更加言简意赅："三叶虫，其实就是另外一个我啦。"

变成公主

米兰三周岁半，幼儿园开家长会，其中一个要求，让孩子在家尽可能自己吃饭。

老师特意叮嘱米兰妈妈："午餐，米兰吃得又慢又少，若提醒她多吃一点，她眼圈就红起来，眼泪吧嗒吧嗒。"

米兰小时候，常规体检每次都是体重偏轻偏瘦，阿姨和外婆为让她多吃一口，一边喂一边讲故事、玩玩具、看绘本、看视频……习惯养坏了。

外婆的手机里还留存着一段视频，小桌板上杯盘狼藉，脸上手上胸口上，全身的衣服上，都是饭菜，米兰手里玩着一把钥匙，面前放着一个奶嘴，吃，吐，哭，吃，吐，哭，小手挥动："不要不要不要逼……"

时值一岁多点。两年过去，她自己看得笑喷，但吃饭仍属弱项。过年大家庭聚会，面对一桌子菜肴，只吃白米饭淘红烧萝卜汁。

思来想去，妈妈制定了皇冠计划。

米兰的新年心愿是，变成公主。妈妈说："太好了，做一个公主，需要有礼貌，有教养，聪明美丽。"米兰说："我已经很聪明很美丽啦，只需要一个小皇冠就好啦。"

母女俩头挨着头，一起在网上选购小皇冠，米兰否定了妖魅大红色的（尽管她平素最爱红色），否定了珠光宝气金黄色的，否定了五光十色小女孩款……耗时良久，最后选定一款《冰雪奇缘》中爱莎公主的皇冠，莹白小钻为主，镶宝蓝钻，内含同色系项链、手链、耳环，还有她梦寐以求的——魔法棒。

选毕，妈妈一脸正色，对欣喜若狂的米兰说：

"看好了啊，小皇冠呢，已经放在购物篮里了，但现在还不是你的，20天后才有可能属于你。"

笑容冰住，"为什么？"

"20天是对你的考察期，自己吃饭，不看电视，不离开座位，不挑食，不剩饭。爱莎公主，都是自己吃饭的。"

20，是米兰刚刚学会的数。

第二天就开始数日子，还有几天？19天，18天……对孩子来说何其漫长。

三岁半，开始了前所未有的自律。

妈妈说，爱莎每天整理好自己的玩具，米兰就整理好玩具。

妈妈说，爱莎自己上卫生间，米兰就自己上卫生间。

妈妈说，爱莎在公共场所不会尖叫，米兰就学会了克制。

三岁半的记忆不久长，一会儿又忘了，但她会记住重点。

妈妈多半是在米兰晚饭吃到一半的时候回来，这时，米兰或许在乖乖吃饭，或许吃到一半已经离席去玩，但只要听到门铃声，她总是以最快速度跑到饭桌边，坐得端正，大口扒饭。妈妈进门，她嘴里塞满饭菜，腮帮子鼓鼓囊囊。好一会儿才咽清楚，开口就是："妈妈，还有几天？"

在2019年新年来临之际，米兰终于如愿成了爱莎公主。

小女孩本来就爱照镜子，这下更是时常站在镜子前，戴正皇冠，挂好项链，手持魔法棒："变变变。"

"我变成了爱莎公主。"

早起上幼儿园，妈妈已穿好鞋在门口等，她还要走进房间，关上门："我要变身一下。"她清楚上幼儿园不能戴皇冠，只是虚拟一下。

2019年伊始，杭州开始了阴雨模式，米兰挥舞了许多次魔法棒，雨还是下个没完没了。

米兰忧心忡忡："如果马路变成大河，我们怎么办？"

外婆答："我们就变一条船，坐在船上逃生。"

大舅公说："你可以变成一条鱼，在水里游。"

米兰说："可是我的魔法棒，好像不灵了啊。"

妈妈给米兰下载了《冰雪奇缘》，又买来图文并茂的同名书，看了一遍又一遍。爱才是最好的魔法——米兰懂了吗？让她慢慢懂吧。

倒是主题歌《随它吧》，米兰听得懂，十分喜欢，在不被允许看 iPad 时，她就要求听歌。

有一天放学回来说："今天金逊把家里的玩具带到幼儿园玩，好多小朋友在批评金逊，我就在边上唱，随他吧，随他吧……"

小英雄

　　四岁将临，适逢"倒春寒"，米兰说："现在属于春天半吧"。

　　"什么叫春天半?"

　　"就是春天只来了一半啊，还很冷呢。"

　　终于春天全了，树全绿了，花全开了，走在运河边，一阵风过，飘落纷纷扬扬的红叶。米兰奇怪："春天也会有树叶落吗?"

　　外婆说："这是樟树的叶子，别的

树都是秋天落叶春天长，樟树的老叶子啊特别不放心，要等新叶子长好才落。老叶子躺在地上，还是不放心，如果小鸟衔来一粒别的种子掉在这里，想要发芽的话，老叶子就会把它们赶跑，说这是我们樟树家的地盘。"

米兰很生气："我讨厌这种树，我要杀死它。"

"为什么？"

"它不让别人发芽，太坏了。"

在春天葱茏的花木中间走，米兰时常发出惊呼，"好可爱啊！"并要求外婆借给她手机拍照。她摄入的镜头里的，不是开得美艳的樱花桃花海棠花，而是掉落地上的小花瓣，或是边边角角石头缝里刚刚长出来的小新叶，那叶子，只有米粒大。"太可爱了吧。外婆你不能删掉，以后我有手机了，你要发给我。"

所以，听说樟树竟然不让别人发芽，她不能接受了。她要为小花小草谋求生存权，就要"杀死它"，她觉得必须自己出面解决，像个英雄。

每个孩子的幼小心灵中，都暗揣一个小小的英雄梦，遇到弱小者，他们会毫不犹豫地出手相助。

还是两岁多时，讲故事讲到半夜狐狸悄悄地接近鸡窝，想偷鸡蛋。米兰说："我先弄死狐狸。"

"你怎么对付狐狸？"

"我拿水灌死它，牛撞死它，马踩死它，金字塔尖刺死它……"

故事中凡出现巫婆，米兰就说："我把巫婆关黑屋子。"

所以睡前故事中绝对不能出现反角，否则她要跳出来当英雄，睡意一下全无。

小孩的心理，远比成人想的要强大。米兰自学会说话，就有几句口头禅。"还好"、"可以的"、"没事的"、"很好玩的"。

生病吃药很痛苦，她说："还好有草莓药药。"一种红色带甜味的药水。

摔一跤眼角瘀青了，她哭完了之后说："还好眼睛没事。"

一岁时，打雷、隔壁装修电钻的声音都会把她吓哭，大一点了说："没事，装修很好玩的。""打雷很好玩的。"

长到快四周岁了，大雨将至天色昏暗，米兰说："你们不要怕，待会儿怪物出来，我会把你们都变成小蚂蚁，把我自己变成霸王龙，你们不要出声，我来保护你们。"

家里突然停水，米兰取出她的玩具小电脑，嗒嗒嗒嗒飞快地按键，"让我来查一下，什么时候有水。我的电脑什么都能查。"

外公生日，各人都准备了礼物，米兰的礼物相当豪迈，她说："我送外公一条马路。"这是她自己做的手工，小小两条彩纸交叉粘贴，还有十字路口。

上幼儿园了，放学喜欢从运河边走。运河边比她小的小孩正在爷爷奶奶的照管下晒太阳，学走路，吃东西。米兰背着小书包，滑着滑板车，从约莫30度斜坡的桥上飞驰而下，"我今天像个英雄吧。""他们都惊呆了吧。"

每个孩子都曾觉得自己无所不能，因为在人之初，她总是赢家。下飞行棋，米兰总能赢外婆。跑步，米兰总能赢阿姨，最差也是十次里赢九次。"石头剪刀布"更不会输，她出的是"活拳"，先握拳再伸两指剪刀直至手掌全部摊开，见机行事，岂能不赢？

有个双休日，米兰哭了好几场。下飞行棋，她输了，哭；跑步，又输了，哭。爸爸妈妈声称，要开始挫折教育。

那天，阿姨做了毛笋红烧肉，鲜香甜糯，米兰连吃三碗，史无前例。每碗是一块肉搭一块毛笋。

"真是太好吃了，我要怎么样才能成为阿姨呢？"

阿姨惊讶："当阿姨最没出息了，你要成为阿姨干什么？"

"阿姨能烧这么好吃的红烧肉，最厉害了。我就想变成阿姨。"

小孩心中的英雄，和大人想的不完全一样。能烧红烧肉的阿姨，也是英雄。

无论做什么，做得最厉害就是英雄，很对。

一天一天长大了

每天早晨，米兰搭妈妈的车到一个路口，过马路需横穿地铁站，A口下B口上，就到了幼儿园。

2018年末的一天，米兰从地铁站的自动扶梯缓缓下来，惊呼："好美呀！"

是某广告公司的一个创意——告别2018。扶梯下来的两边墙上，列着这一年逝去的名人：

"金庸——你瞧这些白云聚了又散，散了又聚，人生离合，亦复如斯。"

"史蒂芬·霍金——仰望星空的人，今天成了我们的星空。"

饶宗颐、李敖、二月河、安南、程开甲、单田芳……这一年去世的"星"还真多。而流星坠落天际，星空依旧灿烂。

这时，米兰已经下了自动扶梯，踏上一大片刷成深蓝色的地面，踩着无数星星走。

"我们是走在天上吗?"米兰兴奋不已。

这兴奋持续在上幼儿园的每一天,"我是宇宙飞船!""我会飞!"只要踏上这片深蓝,她就开始翱翔。

赶地铁的匆匆人群,没多少人会在意这则广告,停下来看一眼,设计者或许不曾料到,它对一个小孩的作用。

2019春节过后有一天,米兰不乐:"天空呢? 星星都到哪里去了?"外婆说:"可能是广告到期了。""为什么广告到期了? 星星总不会到期吧?"外婆不知道怎么回答。

小娃长到此时,活动范围已经很大,接触的人和事大大增多,但世界于她仍是个大谜题,她不厌其烦地穷追不舍。大人被问倒,是常有的事。

小婴儿睡觉前,动来动去,忽然不动,就是睡着了。三四岁小孩睡觉前,动来动去,忽地安静,有可能思绪在天上飞。

有一天安静过后忽然发问:"盲人为什么眼睛总是闭着的?"答:"反正他睁眼也看不见呀。"米兰说:"那盲人睡觉倒是蛮方便的。"

问:"为什么是'一束百合一束玫瑰'(小时候睡

前听的《摇篮曲》：一束百合一束玫瑰，等你醒来妈妈都给你）？答："因为玫瑰美丽，百合香香的。"米兰："那为什么不是薄荷，也是香香的，为什么不是牛奶，白白的也很美丽？"

问："外婆为什么会写文章？"答："因为外婆不会跳舞，不会画画，不会……"米兰大悟："原来你什么都不会，只能写写文章了。"

春天来临，放学路上花开得好。米兰捡到一朵，一路捏手里，到家，花蔫了。米兰流泪说："怎么办？我已经爱上她了。"

春深，绿肥红瘦，米兰想看新叶，外婆说新叶已经长大了。米兰说："日子就这样一天一天过去了。"米兰一天一天长大了，外婆一天一天老掉了。

地铁上报站名。米兰："外婆你听得懂吗？"外婆："听不懂，米兰听得懂吗？"米兰："我也听不懂，但我知道他在说英语。"

学习自己擦小屁屁。外婆说："你不擦干净呢，就会痒，痒了呢，就会抓，抓了呢，就会痛……"米兰接口："痛了呢，我就可以飞到天上去，飞到天上呢，我就可以吃到棉花糖。"画风突变。

玩修车店的游戏。有个小熊猫（米兰），老是来修车。修车的人（外婆）问："你们家怎么老是修车，怎么开的车呀？"小熊猫说："我爸爸呢眼睛看不见，我妈妈已经死了，我呢还是个宝宝，你让我们怎么开呀。"编得好悲情。

临近暑假，米兰得了支气管炎，咳嗽却吐不出痰来。妈妈给报了些培训班。米兰说："不如给我报个吐痰培训班吧。"

暑期培训班，少年宫人山人海。教室里都是孩子，走廊上都是陪读家长，接的送的，一批进一批出。

米兰上课，中途老师放出来，吃点心，上厕所。外婆问米兰尿尿不？坚定说不。进教室没 10 分钟，哭着出来，尿裤子了，抽抽搭搭好委屈。已经记不得上次尿裤子是啥时候了，她知道是自己的错，放风时不上，上课憋不住了。

这天放学，外婆对米兰说："今天这事儿，就不和爸爸妈妈讲了，下次米兰一定不这样，好吗？"米兰一听倍儿高兴，说："这是我们的小秘密。"

然后进了少年宫附近的一家超市。米兰选了一张

《冰雪奇缘》黏黏纸，又玩了会儿游戏机，就出来了。

也许是第一次逛这超市，对地形不熟悉，也许是外婆真的忘记还拿了张黏黏纸，牵着米兰直接向出口走去。

米兰忽然停住："外婆，我们不付钱了吗？"

米兰说这话时，离出口一步之遥，一个保安正看着我们。

哎哟，外婆大惊，赶紧走付款通道。要不是米兰提醒，今天脸丢大了。

外婆感谢米兰，米兰淡定说："外婆，今天这事儿，也不和爸爸妈妈讲了，是我们的小秘密。"

米兰四岁，懂得了宽宥和包容。情形正如她所描述：外婆一天一天老掉了，米兰一天一天长大了。

我有多美

　　每个人都在意自己的长相，永远在意。

　　每个小孩都觉得自己是最美的，每位家长都觉得自己的小孩是最好看的，曾经。

　　米兰常做上班的游戏，内容不时更新。以前上班，主要内容是和她的毛绒玩具分手和重逢，属于煽情戏。最近有一次玩，上班又下班，上班又下班，反复几次后说："我们公司的人都说我长得丑，看来我得换一家公司了。"

米兰父母想置换学区房，于是三日两头有人来看房。一天早起米兰问："今天有人来看房吗？"外婆问："米兰喜欢有人来看房？""是啊。""为什么？"米兰说："因为看房的人都说我长得美。"

稍稍懂事，米兰感兴趣的事情之一，是外婆的电脑，随着长大，越来越感兴趣。

电脑里有她的照片和视频，还有关于她的文章，频率大概是每年十篇，米兰四周岁时，刚好积攒了40篇，成为米兰的睡前必读。

"看小时候。""听小时候。"是她永不厌倦的功课。

小时候曾经是枕秃，后脑勺稀稀拉拉几根毛，干脆理短点，像个小男孩。还有点奶胖，圆头圆脑。米兰端详那时的照片，说："现在比小时候好看，像小公主了。"想了想又补充，"小时候呢，丑是不丑的。"

第一篇文章是写月嫂的，米兰反复听过多遍。月嫂管头管脚管这管那十分强势，所以我们称她为"嬷嬷"。开篇第一句："我说的金牌嬷嬷，是个眉眼清秀、皮肤白净的月嫂。"

那天在外婆家，米兰想看月嫂的照片，月嫂用了总共两个多月，没啥照片。外婆找了好久，总算找到一张月嫂抱米兰的，米兰打着大哈欠，月嫂咧嘴笑，露出整齐的白牙。

四岁的米兰每晚都嚷嚷睡不着，大约是在脑子里过滤一天发生的事。这天临睡，她安静了一会儿说："月嫂的皮肤，一点也不白净嘛。"只能说，她的标准有点高。

有时候见她安静了，外婆摸黑起来喝口水。

不想她还没睡着，冷不丁地说："外婆你半夜里走来走去干什么？像个鬼一样。"

漫长的暑假，前半段呼吸道总是时好时坏，泡在医院。后半段开始魔鬼锻炼，顶着暑热，每天走运河两小时。

第一天，怕她吃不消，外婆几次提议往回走。她说不，要一直往前走，走到底。那天刚刚台风过境，凉风习习，树影婆婆，一路风景，米兰心情大好。问："走到底是哪里？"答："北京"。米兰说："那就走到北京。"

这一天从西湖文化广场走到了富义仓，刚好有一班大运河旅游公交车回到家门口，甚是便捷，之后便天天走这条路线，有几次还走到了香积寺。

上午走累了，午睡后在家排戏。

《灰姑娘》《白雪公主》《莴苣姑娘》《拇指姑娘》《冰雪奇缘》……

米兰总是演公主，其他角色，皇后、女巫、后妈、小矮人、鼹鼠、青蛙……都由外婆担任。王子，由爸爸妈妈客串，谁在家谁出演。

道具都是米兰准备的。小皇冠和魔法棒现成有，米兰最爱的一双蓝色小皮鞋当水晶鞋，薄纱围巾一披就可以翩翩起舞，小时候的玩具小车充当南瓜马车，《灰姑娘》的道具最齐全。

比起皇后老是要置"白雪公主"于死地，一会儿派猎人暗杀一会儿使用毒苹果。米兰深有感慨地说："灰姑娘的后妈其实还是蛮好的。"

但米兰对皇后那句台词却大感兴趣："魔镜，魔镜，谁是世界上最美的女人？"

在外婆家，有一次，人不见了，原来躲在储物间，里头有面落地镜，她非常小声地在问："魔镜，魔镜……"

妈妈给米兰买了条白色多层纱的公主裙，美滋滋穿了去幼儿园，回来心情不大好："幼儿园没人说我裙子美。"

幼儿园举办音乐美食节，要求盛装出席，四个女孩的裙装最漂亮，老师发在"家长群"里分享。米兰在其中。

放学回家，米兰把照片看了又看，得出结论："悠悠第一，我第二。"

甚好。

上培训班的孩子

过了国庆长假，第一天上幼儿园。

秋凉了，午睡的被褥包有点大。《成长手册》在妈妈协助下，图文并茂填好了，拿在手上。水杯背在身上。还带着一个标准尺寸的篮球。幼儿园今天要拍球考试，上个月第一次考，米兰没通过。

她叹口气说："'瑞思'又要考试，幼儿园又要考试，我是世界上最苦的小孩吗？"

"瑞思"是英语，晚上有课。妈妈在早餐桌上见缝插针为她巩固口语。

这一天，米兰四岁四个月零两天。

这是一个年龄节点，是所有家长都纠结的时期。之前，是泡在蜜罐子里的小宝贝；之后，是起跑线上输不起的长跑者。

横向比，米兰报的班不算多。下午，幼儿园门口排队接小孩，有位衣着时尚的奶奶背着大包风风火火赶到。有熟人问："爷爷老早排在前头了，你还来呀？"奶奶说："上舞蹈课，中间只有半小时空档，我开车送，车上换服装……噢，出来了出来了。"簇拥着离开。

小女孩都爱跳舞，米兰也爱跳舞，刚刚会站会走，音乐响起，在床上蹦啊跳啊。为了纠正她的小狗撒尿动作，三岁半，给她报了个舞蹈班。

孩子在里面跳，家长在外面聊。萱萱外婆说，女儿女婿都是医生，每天下班没准点，给孩子报了八个班，我一个人带进带出。啊，周围人惊呆，一周只有七天，八个班怎么上？

萱萱外婆打开手机让大家看一张表格：周一到周日，几点到几点，排得没有空档，语数外，钢琴、舞蹈、主持……说是待会儿舞蹈课下课，马上要赶到钢琴老师家，一对一。

"那孩子不累吗？不叫苦吗？"有人问。

"不叫苦啊，她喜欢啊。"萱萱外婆自豪地说。不过最近一次遇到她表示，经过全体家长讨论，要腾空星期日上午的课："让萱萱休息一上午，睡个好觉。"听来令人心酸。

萱萱比米兰大一点，也只有四岁多。

人之初，每一个小孩都是与众不同的，米兰也是。

母亲节，方老师让小朋友每人对妈妈说一句话，录成视频。基本上说的都是"妈妈辛苦了，妈妈我爱你"之类，米兰说的是："妈妈你长得好好看。"

外婆买了识字书，带到公园里试图教米兰，看了一点点，她说："外婆我们还是看点别的吧。""看什么呢？""比如天空、白云、花朵。"不能不承认，她的建议更好。

不用固定的知识去填充他们，他们的思维是翱翔的。有一天，米兰问爸爸："你这会儿在想什么？"爸爸说："想工作。"米兰："大人总是想工作。""那米兰在想什么？""我在想什么东西是怎么做出来的？""比如呢？""比如牙刷，那些毛要剪一样齐，一排一排站好，是不是很难？还有毛巾……"

有时，米兰要假借三叶虫之口。三叶虫是米兰的虚拟好朋友，无处不在，无时不在，与米兰形影不离。有一天，米兰说："今天早晨三叶虫问了个问题，人会发霉吗？"

有一天，三叶虫问的是："我们照镜子看见自己，镜子怎么看见它自己呢。"

挑食是米兰的大缺点。周末，爸爸去菜场之前，问米兰想吃点啥？肉，不要；蛋，不要；这，不要；那，不要……爸爸说："要不我们抓两个三叶虫来红烧烧怎么样？"米兰说："要不抓两个爸爸的同事来红烧烧吧。"停一会儿又说："爸爸你吃你的同事，是不是很开心呢。"

星期日早上，气温骤降。8 点 30 分，米兰有英语课。

打仗一样分秒必争地赶到，上电梯，看着保健老师为她量体温，消毒液洗手，被老师带了进去。妈妈神经一下松懈，慢慢地往回走，却被扑面而来的景象惊呆。电梯上，过道上，学校门口，马路对面，无数的家长和孩子在朝着一个方向狂奔。"快，快，迟到了！"

人之初，每一个小孩都是与众不同的，揠苗助长式的学习让他们变得同质。打着哈欠，戴着眼镜，奔赴每一个考级点。

"朋友圈"里，每个家长都在晒自己小孩的获奖、考级证书、去国外比赛的视频、去大剧院开钢琴演奏会……让更多的家长感到焦虑。

米兰在瑞思英语上到了二年级，一周两次课，每次课都有回家作业。起先米兰有抗拒，妈妈让她做作业，她把沙发靠垫扔得满屋子都是。

学校有办法，给每个小朋友发了《梦想卡》。梦想分大梦想小梦想，每完成一次作业，得一颗星星，攒五个星星实现一个小梦想。完成五个小梦想，可以实现一个大梦想。

目前，米兰已经实现了第一个小梦想，得到了天猫精灵。第二个小梦想，妈妈许诺的是太阳马戏团门票。

这天作业完成得很顺利，妈妈问米兰："有没有想过大梦想是什么？"

米兰的回答让妈妈差点昏厥。她说："我的大梦想，是永远不要上培训班。"

世界充满爱

国庆长假，断桥边，白堤上，游人如织。正好路过的米兰被惊呆，发出感叹："原来世界上有那么多人！"

幼儿园放学，下大雨，换上了外婆带去的雨鞋，在水洼上跳来跳去，说："还好世界上有下水道。"

不知几时起，小朋友爱上了用"世界上"这个词儿，口口声声地将各种小现象归结到世界上去。

外婆不由想起自己小时候，与弟弟

们讨论世界上是水门汀多还是泥地多。水门汀就是混凝土浇注地面，那年头称水门汀。二弟说，当然水门汀多，你看路边的大树，只有圆圆的一块泥地。大弟说，我认为总的来说是泥地多，公园、操场……那么大。

任何事情放到"世界上"来谈论，仿佛有种普遍真理的感觉。

星期日起得比平时还早，上英语课，回家还有作业，米兰说："我是世界上最苦的小孩吗？"

幸好幼儿园的"世界粮食日"教育，那天，米兰放学路上说："原来世界上还有比我苦的小孩，老师说他们饭都吃不饱。"让她想不明白的是："其实少吃点儿挺好的，为什么大人一定要我多吃？"

中班了，每天高高兴兴的，放学路上说着这个那个小朋友的事情。忽然星期一早晨醒来哭，说不想去幼儿园，妈妈以为是双休日玩嗨了之故，星期二又哭，妈妈打电话给老师才知道，老师是想给米兰做点规矩，让她把饭吃完，让她不要吐掉西兰花的梗……米兰一吐，其他小朋友也想吐，老师说，都吃下去！中班了，不能再迁就了。

星期三，妈妈在征得老师同意后给米兰带去了一小瓶专供拌饭的酱油，米兰总算把饭菜吃完了。

幼儿园老师管教有方，先严格后勉励，米兰心情好起来，幼儿园的人际关系也进入良性循环，经常通报：

今天交了个好朋友，黄一，午睡我和他挨着，他家里拿来的玩具借给我玩；

今天交了个好朋友，汤圆，我和他同一桌的，他给我一颗巧克力吃；

今天交了个好朋友，金逊，我和金逊妈妈说过了，要去他家里玩。金逊是个影响力很大的男孩，个子高，力气大，食量是米兰的两倍，跑得飞快，有时会撞倒同学。米兰口中经常冒出些顺口溜，都是来自金逊。可是有一天睡前米兰疑惑地问："我一个女孩子，和金逊做朋友是不是好？他那么暴力……但我就是喜欢他。"

米兰喜欢写信写明信片，其实就是一个小纸片，各种色彩的星星、蝴蝶、小花、爱心……粘粘贴贴，写写画画，折折叠叠。常常是给爸爸妈妈。有一天米兰设计了一款草绿色信封：写着某年某月某日，小米兰的信。写给谁？米兰说，左原诚，也是班里的小男生。

秋天最美的日子，妈妈难得有空，接米兰放学，顺道银杏林。米兰在银杏林里奔跑，一激动摔了跤，蹭破了下巴。次日幼儿园放学，米兰说："今天有句话我讲了一百多遍。""啥？""小朋友见一个问：'米兰你下巴怎么啦？''摔跤。''米兰你怎么啦？''摔跤。''摔跤。''摔跤。''摔跤。'……"

"你觉得烦吗？""不烦，同学关心我才问我呢。""每个人都问吗？""是的。"

米兰问："外婆，世界上每个人都是爱我的吗？"

是的，但是……这个问题，怎么回答好呢？

米兰上少年宫的图画班，有三个幼儿园的同班同学。上课时，家长都在教室外等。

闲聊中，外婆把米兰的问题抛出来，征求答案。

马二妈妈答得最干脆："要是马二这么问，我会说你又不是人民币，为什么每个人都要爱你？"马二是男孩，有个哥哥。

金逊妈妈答："是的，每个人都爱你，但是世界上也有坏人，他们说爱你是假的，想骗走你。"

可乐妈妈答："我一定会说，当然每个人都是爱你的。"可乐是个早产的女孩，出生时体重不足三斤，保温箱里住了好久。可乐妈妈说："说穿真相为时尚早"。

米兰这么问，至少说明到目前为止，她感觉周围的人都是爱她的，她的心里，是爱意充盈的。

一边荡秋千一边看星星："可能我会爱上那颗星星。"

妈妈有同事名雨露，给米兰制作的手工发夹她十分喜欢："雨露阿姨最懂我的心。"

买了两只小乌龟，取名小绿树、小草坪，小绿树的颜色比小草坪深一些。小草坪死了，外婆问："小绿树会孤单吗？""不会，有我啊。"停一停，"外婆你问这个问题有点儿简单啊。"

拿了盆小绿植去幼儿园，放置了两个玻璃玩具，一个小蘑菇，一匹白色小马。

一天放学，口袋里叮叮当当的碰撞声，一看，是碎成几截的小马。"吴俊熙打破的。"吴俊熙是班里的小男生。"哎哟，当心手戳破，碎了，就扔了吧。"外婆说。米兰不肯："是我带去的，我要带它回家。要不它会更伤心的。"

米兰的大舅婆是教育心理专家，她想问米兰，你是不是爱世界上的每一个人呢？你爱别人，别人也爱你。

生病游戏

　　大年初二，米兰戴着口罩在仰光敲钟，当天半夜的航班飞上海，1月27日回杭州。

　　2020年初在武汉爆发的新型冠状肺炎，说人心惶惶，风声鹤唳，不过分。

　　回想仅仅是十天前，参加舞蹈学校岁末汇报表演的情景，好生后怕。那时的人们，因为消息不确，觉得疫病离得甚远，照样歌舞升平，阳台上挂满酱货，各大酒店年夜饭早早预订完，大包厢、大圆桌尤其紧俏。

那天，在一个中等剧场，20 多个舞蹈节目，晚上六点开演，下午两点就集合了。

隆冬季节，空调开着，密封环境，人头稠密。每个节目算十人，就有 200 多个孩子，每个孩子平均两名家长陪同，剧场里毛估估该有 600 人，楼上楼下，坐得满满当当。

舞台左侧十来平方米的化妆间更是拥挤，画脸、梳头、沾亮片、贴睫毛，化妆师的手一个一个摸过

去。容不下太多人，只准小孩进，家长堵在门口等，高一声低一声地喊着宝宝的名字，场面相当混乱。

米兰的节目是《芭比时装秀》，排第七个。表演完，外婆说回家，米兰不肯，坚持看完20几个节目。

现在想来，如果那600人中有一个潜在病人，结果当如何？不敢想。

其实人们浑然不知的时候，才是最危险的，若那时候就知道危险，则现在的情形要缓和得多。

17日，表演完，18日，钟南山去了武汉，19日，米兰还有英语课，也是全封闭的课堂。20日，米兰跟爸妈去了缅甸。

这趟行程是半年前就订下的，期间将错过两次大家庭聚会，腊月廿九的卡拉OK，正月初一的聚餐。

米兰走后，情势骤然紧张，大家庭先取消了腊月廿九的卡拉OK，想着那个话筒传来传去，太不安全，当时说，正月初一的聚餐还是照常吧，毕竟，好几个亲人远道而来。

仅仅隔了一日，聚餐也取消了，从米兰出发的第二天开始，杭州下了足足六天的雨。

"幼儿园群"里，老师每天要求上报孩子的情况，人在哪？接触过何人？有无发烧？

而蒲甘始终阳光灿烂，米兰穿着白纱裙，奔跑欢跳。

但终究是要回来的，仰光的航班到上海，上海包了辆的士回杭州。按规定自我隔离。

米兰向来爱玩医院游戏，就像爱玩娃娃。喜欢照顾人，是女孩的天性。小护士器械，米兰就有两套。

住院的人很多：小灰兔上吐下泻，显微镜显示，是感染了轮状病毒；小白老虎特调皮，双腿骨折打了石膏；小委屈熊咳嗽不止，每天喝药做雾化；小猪佩奇和弟弟乔治都发烧了，挂吊针，乔治好动，手上的留针老是掉下来。

所有的病例来自米兰自己的看病经验。小猪佩奇每次看病都要说："不要给我用压舌板！"和米兰一模一样。

护士通常由外婆担任，喂水喂药打针……非常忙。猪妈妈照顾儿女也病倒了，想住院，护士外婆说已经没有床位，而且我们是儿童医院，不收大人。米兰医生听了说："可是猪妈妈也是一条命啊！"颇具医者仁心。

这都是三岁之前的事，上了幼儿园后好久没玩了。这次医院重新开张，又多了一种病，一律需要隔离。米兰画了幅画：两个小孩，一个戴口罩，一个没戴，许多戴着黑色皇冠的病毒在他们的四周游荡，黏在他们的脸上，颇为恐怖。幼儿园老师线上讲述的故事"病毒星球"，米兰听得津津有味。

立春前两天，米兰居住的社区封门了，只留一个口子，人员进出量体温亮证件，每户隔天可以有一人出门，让给了买菜的爸爸。妈妈在家里上班，还挺忙。爸爸工作电话一个接一个。

外婆只能从视频上看米兰。她边哭边说："从来没见过这么坏的爸爸妈妈，在家里都不陪小孩玩。"伤心之极。之前的双休日，除了上培训班，爸爸妈妈总是带米兰玩。

再过四个月，到了夏天，米兰就满五周岁了。幼儿园迟迟不能开学，妈妈意识到要做规矩，于是制定了颇为详细的计划；运动、学习、家务，玩……交叉安排。米兰参与了计划制定，之后就不怎么闹着要陪了，还得了许多小星星。

有一天傍晚写完字母，米兰自个儿玩。玩了好久妈妈说该睡觉了，米兰说等一等，还没有玩好。她在玩一个很长的游戏，动用了好几个毛绒玩具，小象是爸爸，兔子是妈妈，巧虎妹妹扮演女儿。爸爸带女儿上超市购物。超市货品很多，他们推着购物车走来走去。家里缺很多很多东西，爸爸和女儿买了一趟又一趟……

杭州社区管控解禁后，米兰告诉外婆："三叶虫家里哦，卫生纸也用完了，只能用树叶子擦屁屁，树叶子用完了，只能用冰。还好我帮他们买了一些。"

米兰说，还是买东西游戏更好玩。

蓝色抹布

米兰手中一块蓝色抹布上下翻飞，擦了桌子擦柜子，擦了柜子擦窗台。地球仪旋转着擦，火火兔边唱边擦，小桌板下面地上躺着擦，滑板车横过来擦轮子，四脚凳翻过来擦凳脚底……

门，先擦好下半部，拖过小桌子，蹭一下站上去，努力向上擦，"我马上就可以擦到顶啦。"自豪得很。

干得如此欢，皆因手里有块蓝色抹布。抹布是年前钟点工来家大扫除时带来的，深宝蓝色，"有玉米香。"米兰有怪癖，用毛巾用抹布之前，都要闻一下。夏天外婆用来擦汗的毛巾，她一看到就捏着鼻子，"臭毛巾。"

　　本来米兰也不喜欢蓝色，与所有小女孩一样，只喜欢红色、粉色。爱上蓝色，始于迪斯尼的《冰雪奇缘》，具有神奇魔力的艾莎公主迷倒了小女孩，从此，裙子、玩具、鞋、笔……都要蓝色。"我们班里，小铃铛喜欢红色，左原诚喜欢绿色，汤圆喜欢蓝色，和我一样。"中班孩子爱交流色彩喜好，放学路上，外婆侧耳听到好几次。

米兰从小爱劳动，跟着阿姨擦地、浇花、包馄饨、摘豆芽。小孩的劳动其实就是玩。疫情防控期间，阿姨不来了，米兰持深宝蓝色抹布翩翩起舞，仿佛自己就是呼风唤雪的艾莎。

幼儿园原本的开学期已经过去一个月，老在家宅着，大人都会有情绪，别说孩子了。有一天，米兰极其伤心，边抽泣边说："爸爸不爱我，爸爸不爱我，爸爸不爱我，爸爸不爱我……"足足说了五分钟，重复 100 遍是有的。

妈妈下班问为什么？"爸爸吼我。""爸爸为什么吼你？""我吼外婆。"那"你为什么吼外婆呢？""外婆不乖。"

米兰偏爱画人物，或者说一类人物，即公主、仙女，信手画去，一口气画个七八张。这一天，外婆提议，今天我们来画张风景画如何？米兰说好的，并说，可以从 iPad 上找范本。

太阳、白云、山岗、河流、树木……线条单纯流畅，很适合孩子。外婆控制暂停键，米兰跟着画。

跟着屏幕画，其实她心里急得很，外婆暂停节奏没把握好，略微快了些，她开始费力跟着，突然崩溃导致大声吼。里屋工作的爸爸听到了，出来批评了米兰，于是她哭着说了100遍"爸爸不爱我"。

疫情防控级别下降，外婆"复出"去米兰家，发现冰箱门上多了两张表格，一张是妈妈制订的小星星表格，考核米兰用；一张是米兰制订的红心表格，用来考核家长。一排一排的红心，有五六颗已经用黑笔像雷电一样地中间劈开。这天画风景画，外婆被裂了一颗心。

大人的着眼点在评价孩子，孩子不评价大人，只说自己心碎了几次。

妈妈曾在"大家庭群"里公布过米兰的疫情期间作息时间表：学习，玩，学习，玩……分时段交叉进行。

"大家庭群"里，教师七八个，大舅公就发表意见了：为什么要把学习和玩分开，学习也可以是玩啊。对极。

米兰的心碎，多半由此而起。

天暖和起来，外婆带米兰去书店买做数学题的册子，书店尚未开门，改去文具店，文具店只有练习簿，小小的一本，1.8元钱。

妈妈下班说，已经网上买了"幼小衔接"的练习册，语数外齐全，只是快递还没到，就先做小练习簿吧。

成套的"幼小衔接"练习册终于到了，彩色封面的图案都是最风靡的卡通画，迪斯尼公主系列。快乐拼音、快乐笔划、快乐识字、快乐英语、快乐写数字、快乐加减法……共七本，标价近百元。

如今的家长，为孩子学习是不计代价的，成套的书摆在家，妥妥地放心。

第一天，描红，整页写"1"，第二天，描红，整页写"2"，打基础确实重要，可是米兰做了一两页就表示："我想做小练习簿。"

小练习簿由外婆出题，每天一页，现场出题现场打分，米兰参与出题：做两题减法好不好？再做两题连加吧，0加100？这也太简单了吧。

同时上课的还有小委屈熊，外婆给米兰出题、打分，米兰给小委屈熊出题、打分。外婆给米兰出15题，米兰给小委屈熊出五题。做得好奖励一个五角星，五角星一笔画，米兰练了几次才会。

重点在于，这很像玩儿，她喜欢。

做完作业就戴上口罩骑着滑板车去户外。西湖文化广场靠近运河有一道长长的斜坡，略陡，米兰想飞下来，让荷花斗篷飘扬。外婆担心有危险，米兰说"可以的"，一连飞了三次，兴奋得很。

爸爸给米兰买过一本绘本叫《勇气》，里面讲了很多种关于勇气的情形，比如：勇气，是吃蔬菜时不做鬼脸，先尝尝再说；勇气，是你有两块糖，却留下一块到第二天；勇气，是和别人吵架后你先去讲和……米兰懂一点，没全懂。滑板车在斜坡上飞了三次后，她和外婆说："这就是勇气吧。"

然后看着外婆，"我知道你在口罩里面笑了。"

王宫记事

　　小女孩，个个都是公主。是公主，总得有个王宫不是？

　　今天的小孩，活得累，若不是疫情按了暂停键，每天上完幼儿园上培训班，白天黑夜连轴转，公主梦隐隐约约，已然远去。

　　漫长的宅家日子，自娱自乐的一大内容，就是扮公主。将妈妈又阔又长的玫红色围巾展开，扎在腰间，拖曳着长长带流苏的裙摆，是为美人鱼公主；动用家里所有的靠垫枕头筑一个城堡，闭眼躺在里面，等待 100 年后王子到来，是为睡美人公主；小丝巾用夹子固定在头发上，是为长发公主；披披挂挂参加舞会后掉了一只水晶鞋，是为灰姑娘辛黛瑞拉公主……

当然，王冠是必须的，每天，红的粉的蓝的轮着戴。

自爸爸妈妈都复工上班，米兰的幼儿园开学还遥遥无期，就由外婆带。

疫情形势向好，社区解禁，戴口罩出行。一老一小，每天去离家不远的西湖文化广场。米兰踩着滑板车，风一样来来去去。

广场有个露天剧场，扇形舞台，半圆形看台，一阶一阶地高到天上。

剧场位置极佳，正对是圆形喷水池，喷水池后面是地标建筑环球中心。入夜灯光炫目，音乐律动，常年有广场舞国标舞街舞大赛在此举行。

鼠年初春，玉兰绽放了，小鸟一样停满枝头，米兰扛着滑板车从后入口进入露天剧场，恰是看台的最高阶。剧场空无一人，米兰摘下口罩说："这是我的王宫。"从外婆脖上扯下围巾当披风，蓝天白云下面，

昂首作君临天下状。

广场试放喷泉，高高低低的水墙、水柱、水花，在《蓝色多瑙河》旋律中柔软起舞，米兰正好坐在露天剧场的最高一排，兴奋地说："我的王宫表演喷泉了。"

有一天，米兰很生气，一个小男孩在剧场练足球，对着挡板，"嘭，嘭，"一下一下踢，声音很响。"他怎么可以在我的王宫踢球？会不会损坏王宫？"外婆说："你可以把这当作王宫，他为什么不能当作球场?"米兰应该是听懂了，但还是给自己找了个台阶下："今天就算了，要是明天他还来，我要去警告他！"

遇见过一次幼儿园同学，"小铃铛，"两个小姑娘戴着口罩跑来跑去，又挨着聊天，开心得不肯回家。分手时，米兰提出想到"小铃铛"家去，两个祖辈对了一眼，均表示下次再去。之后，她一到广场就开始眼睛转来转去地找同学，再没遇到过，每次走过三色堇花坛，都要说："上次就是在这遇到'小铃铛'的。"外婆说："你在找她吗？""我知道她不在，怀念一下不可以吗？"

同学其实都住在附近，以前是每次都能在人海里遇上一两个的。看来大多数家长还是有所顾忌。

有一次看见一个男孩，远看像班里的马二，米兰飞快地滑过去，打了个照面，不是马二。

外婆说，马二哪有这么矮，最多也只是个马三。马二圆头圆脑，理小平头穿夹克衫，类似的男孩很多。此后米兰一路走一路说："这个是马四，这个是马五……"有个刚学走路还包着尿布的，米兰说："这个是马九"。

她是有多想念小朋友。

未上幼儿园之前，米兰上过半年亲子班，有大班的哥哥姐姐来和小屁孩们结对子，米兰看着他们跳操、拍球、画画，满眼的崇拜。在疫情防控的寂寞之中，她回想起了那些哥哥姐姐，若有所思：他们都长大了吧，可能已经做爸爸妈妈了吧。不到五周岁的米兰，两年前的事情，是不是已经相当于前半世了呢。

一度淡出的三叶虫，也再次轰轰烈烈地回到了米兰的生活与想象之中。

"今天晚上，三叶虫要举行盛大舞会，我要打扮一下。"吃过晚饭米兰对妈妈说。

"哦，几点钟？""12点。"

"在哪里？""在王宫。"

"半夜12点这么黑，你怎么去？""我化成一股烟去。"

妈妈刚给米兰讲过济公的故事，紧急情况化成一股烟脱身。米兰借鉴了来。

妈妈也想参加，米兰想一想说："那我租一个双人火箭吧。"

三叶虫的公司有个频道叫"搞笑乐"，像腕表一样装在手腕，无聊了就擎起来看看，发出"咯咯"的笑声。还可以玩抽奖。

米兰给外婆也装了"搞笑乐"，妈妈看见，问你俩在笑啥，遂要求也装一个。这下好，"外婆你在笑什么？讲一下嘛。""妈妈你在笑什么？讲一下嘛。"逼得大家即时想出一个个笑话，她自己当然也要讲，如果临时想不出，她就说："啊呀，我的'搞笑乐'没电了"。

虽然天天户外，还是小心为上，避免乘公交车，一老一小总在周边兜兜转转。附近的新华书店一直没开门。终于开了，亮了码，测了温，被告知，不能碰书，想好哪本，买哪本。

店里没其他顾客，刚刚复工不久的店员悄声对话："这么小的孩子敢带出来，胆子太大。""是啊，我家小孩50天没让他下过楼，总是家里安全。"

那小孩也忒可怜，50天不出门，生理心理，真的就那么健康？

米兰还是坚持出门，"倒春寒"的雨后，蓬勃的花花树树都水灵灵的，米兰却说："我觉得我好丑，配不上春天"。这天气温超低，外婆让她重新穿上了羽绒衣。

幼儿园老师总在"班级群"里布置作业，最近一项：到公园捡花瓣，作一幅画。展示出来的例画，红红黄黄的花瓣，那叫一个漂亮。

米兰来到公园东张西望，清明过了，谷雨将至，晚樱、海棠都已落尽，哪儿还有花瓣可捡？

她叹口气："春天好短暂啊。"

作业还是完成了，用的是花店里买的花。

寻找玩伴

2020 年 6 月 1 日，几度周折几度反复，米兰终于获准可以上幼儿园了。离五周岁生日，还差五天。

自 1 月中旬放寒假始，宅足了四个半月。

起先颇为享受，享受懒散，享受婴儿式撒娇，终觉无聊，疫情也有所缓解，就出门找小朋友玩。

一开始是找杨杨，杨杨与米兰同年同月出生，是尚未上幼儿园之前、亲子班的同学。杨杨爸爸和米兰爸爸某一次各自带娃巧遇在商场，三观投契，就互加微信，常常约着一起带娃玩。算起来，这个结交了整整两年的小朋友，不是米兰自己找的，虽然十分玩得来。

疫情尚未完全结束，乘坐公共交通不合适，杨杨爸爸就经常开着车，带杨杨和米兰玩了西湖游船、城隍山、玉皇山……杨杨有男孩风度，致力于采集野花野果送给米兰，米兰喜欢。因为疫情，不合适在外面用餐，到了中午就各自回家。米兰已经下了车，还和车上的杨杨拉着手，难舍难分。

有一次例外，那是去西溪湿地，比较远，就在附近的肯德基点餐，选了露天座。男孩子饿得快，食物久等不来，杨杨说："上餐这么慢，我要投诉他们，让他们没钱赚。"杨杨的爷爷和爸爸曾开过规模不小的餐馆，不到五岁就有了经营意识一点都不奇怪。米兰不饿，只顾跑来跑去追逐蝴蝶。

米兰带杨杨去自己的王宫（西湖文化广场的露天剧场），玩爸爸妈妈的游戏，随便找一个毛绒玩具当宝宝，找一堆树叶、小花小草，宽树叶当锅，小树叶当碗，做宝宝餐。一阵风过，做好的宝宝餐全被刮跑。杨杨说："我不要管小孩，太烦了，我出差去了。"米兰说："那我也上班去。"

有一天，杨杨被爷爷带走，失约了。米兰只好去科技馆。科技馆对于孩子，简直是魔法世界："铁粒球"组成矩形阵列，一按按钮，通过永磁铁和电磁铁不断改变磁力大小，铁粒儿齐齐跳起舞来；转动摇手柄，不同的声波频率作用于水流线，水流就会折弯，一会儿往下流泻，一会儿朝上逆流：带着转盘奔跑，使发电机转动产生电流，五彩灯带一节节往上亮起来，米兰转得小脸通红也不肯停步……

一个姐姐过来说："妹妹，我们一起玩吧。"米兰看看外婆，犹豫了一下，就答应了，以前，米兰很少和陌生小朋友玩。

有了玩伴，米兰很快嗨起来，一起爬上海盗船，走进驾驶舱转动航海罗盘；迷宫屋以前不大敢进。迈进一扇门，身后的门立即自动关上，人被关进密室，必须正确答题才有一扇门打开，可是又进了另一间密室，还有迷惑人的假门，所以很可能会在迷宫里绕来绕去出不来。米兰跟着姐姐，钻进钻出，绝对信任，绝对崇拜。姐姐才上大班，却已经认得题板上的很多字。回来后，米兰学字的积极性高涨。小朋友互相影响的力量是无穷的。

现在的育儿书都在讲父母该怎么影响孩子，如何抽出时间陪读陪玩，却很少提及让孩子自己寻找玩伴，自由自在地一起玩耍。成年人常常不知道孩子在烦恼个啥，也不知道该用什么方式安慰他，但是孩子能够看到彼此，有他们自己处理问题的办法。不用任何语言，就能消解成人所不明白的烦恼。

天气越来越热，运河边有一处清凉浓荫，许多健身器械可供攀爬玩耍。有个健身架，米兰可以爬上去，却一直不敢下来，外婆怎么鼓励都没用。一个比米兰大一点的女孩对米兰说："你看我。"米兰学着她的样，也下来了，非常欣喜。分手时米兰主动问："你叫什么名字？我叫米兰。"于是认识了莉莉。

莉莉也是大班，喜欢穿白色公主裙，莉莉爷爷说："每天穿啥都是她自己挑的。"那天，米兰也穿白色公主裙，立即被莉莉引为知己。莉莉打开随带的心型首饰盒，女孩们当即围拢。心型首饰盒打开来就变成两层，里面各种各样的小宝石、小装饰、发卡、头花、耳钉、戒指，眼花缭乱。莉莉送米兰一个蓝宝石戒指。

回到家，米兰打开首饰盒，左挑右挑，为莉莉挑了一个玫红色戒指。此后几乎天天见面，玩得好开心。莉莉喜欢给米兰装扮。爸爸送米兰一条蓝色带披风的艾莎公主裙作为生日礼物，米兰迫不及待地穿去给莉莉看，莉莉打开心型首饰盒，给米兰挂上艾莎项链，戴上艾莎耳钉、戒指、小皇冠……

有一天分手时，四五个女孩、两三个男孩围在一起分配角色，打算明天演一出剧。男孩自然是王子，莉莉吩咐，你们明天穿好一点，女孩通过黑白配方式决定公主、女王，米兰拿到的角色是女王。

回到家，米兰不停喝水，说："明天我要做女王，要保持水嫩。"晚饭吃得少，说："明天我要做女王，要保持瘦。"盘算着明天穿哪条裙子，戴什么皇冠，还给三叶虫（米兰的虚拟朋友）打了电话，要它们明天来观看演出；"对，对，我演女王。给你们留了7个座位，早点来啊。"

第二天，米兰一早就在接三叶虫电话，"你们出发了吗，到哪里了？哦，好的好的，过桥就是了。"

米兰精心装扮，早早到达，预定的演员却只到了一个男孩，也没有穿什么王子服。这天天气不佳，时而有几滴雨。那一堆小孩都是跟着祖辈来的，本身就有很多不确定性。盼啊盼啊，望眼欲穿，过了半个小时，莉莉总算盛装到场，后来又到了一位女孩"小蘑菇"，只穿着汗衫短裤，压根儿忘了今天要演公主这回事。

米兰问莉莉还演出吗？莉莉说，取消吧。

米兰小小地失望了一下，就照常玩儿了，照常开心，滑板车滑得飞快。

感同身受

　　米兰一边长大，外婆一边记录。长到一定的时候，记到一定的时候，大约三岁吧，就念给她听。

　　听得熟了，米兰爱点题：我要听《单飞》，我要听《探险》，要听《三叶虫》……或者：我要听两岁，要听零岁……

　　听着，纠正道："外婆你漏了一句啊。"果然漏了一句："仿佛月嫂一走，天要塌下来了。"

夸张的词句，小孩特别记得牢。

米兰也爱说一些夸张的话。一碗白米饭上几小撮梅干菜：驯鹿在雪地上跑。

写字写坏找不到橡皮，找得有点烦躁。索性说："我想通了，随它吧，这个黑团团，就算是餐桌上的脏东西好了。"

有一次与外婆一起上卫生间，大马桶小马桶对坐。她说："天涯共此时。"

米兰曾问外婆："你为什么写文章？"答："因为外婆不会跳舞，不会画画，不会……"米兰大悟："原来你什么都不会，只能写写文章了。"

又问："文章是怎么写的?"答："很简单,把你想告诉别人的话写下来,就可以啦。"

问："一模一样写就行了吗?"答："嗯,你要想得更好一点才落笔。讲话讲错了,你可以立刻改过来,比如你说我今年三岁了,再一想,哦,已经四岁了。写文章呢,这样就显得啰嗦了"。

她想一想说:"那我用橡皮把啰嗦都擦光可以吧。"

四岁以前,基本是读童话小故事,两三分钟一个。米兰阅读的第一本长篇童话是瑞典作家林格伦的《长袜子皮皮》。是和外婆一起读的,她认识的字还不足以看这本书。

皮皮是个力大无比、乐观勇敢、古灵精怪的九岁小女孩,梳着两根胡萝卜颜色的、硬邦邦的麻花辫,穿一双黑色的大鞋,穿两只不一样颜色的长袜子,一只是棕色的,一只是黑色的。

全世界的小孩都喜欢皮皮,米兰也不例外。她自言自语:等我到了九岁,能不能和皮皮一样呢?

两个邻居小孩汤米和安妮卡很快成了皮皮的好朋友。皮皮要去航海了,船已经停在港口,告别宴会结束了，随着离别时刻的临近，皮皮看见汤米和安妮卡越来越伤心，尤其是安妮卡，哭得像个泪人儿，皮皮决定不去航海了。

米兰很想看航海的精彩段落，猜测说："大概航海很难写吧，我看作者是写不出来了吧。"

米兰阅读的第二本长篇童话是日本作家黑柳彻子的《窗边的小豆豆》。

这本书讲述的就是作者自己的故事，她小时候因为淘气被原来的小学退学，妈妈忐忑地带她来到了巴学园。巴学园很特别，校门是两株矮树组成的，树上还长着绿叶子，教室是一节节退役的电车车厢。上什么课由小朋友自己决定，从你最喜欢的课开始学。午餐只有两种菜，"海的味道"和"山的味道"。

小豆豆在原来的学校被认为是"问题学生"，巴学园的小林校长却常常对小豆豆说："你真是一个好孩子呀！"黑柳彻子说，直到几十年后，自己才真正明白了校长的意思。米兰感慨说："小豆豆真是有点笨的哦，这么简单的话都不明白。"

米兰阅读的第三本长篇童话是意大利作家科洛迪的《木偶奇遇记》。这是一个寓言故事，写的不是美丽的公主和王宫贵族，是一个普通小男孩。匹诺曹像所有孩子一样，调皮，容易受诱惑，他一次又一次离开爸爸和好心的仙女妈妈，因此遭遇了种种曲折、离奇，一会儿沦为看门狗，一会儿变成小毛驴，长出了一对驴耳朵，还被鲨鱼吞到肚子里。

每次遇到坏人诱惑，外婆都要问米兰，"你猜匹诺曹这次会不会去呀？"米兰肯定地说："不会！"接下去看到匹诺曹又上当了，米兰蒙住脸，"啊呀，不要看了不要看了，"几乎带着哭腔。

小孩看书，都会把自己深深代入，感同身受，情绪起伏跌宕。因此睡前不能多看，否则熄灯过了很久，她还会冒出一句读后感。

米兰阅读的第四本长篇童话是中国作家郑春华的《大头儿子和小头爸爸》。小头爸爸是个普普通通的善于逗乐的人，愿意花最多的时间和儿子疯玩。

大头儿子想把家搬到玩具店楼上去，小头爸爸就带大头儿子去看玩具店楼上有没有空房子，玩具店楼上住着一位老爷爷，同意和小头爸爸换房子，大头儿子高兴坏了……

米兰没看完这本书就说："我也想要一个这样的

爸爸。"

大头儿子和小头爸爸躺在床上编儿歌，大头儿子说："树叶落在地上，像冰糖，我的鞋上有牙齿，踩在上面咯吱咯吱响。"

小头爸爸穿着短裤，哆哆嗦嗦地起床拿来纸笔，铺在大头儿子肚子上，把几句话记下来："你说得棒极了，爸爸替你寄到编辑部去，把你的儿歌发表在书上。"

米兰说："我也想写文章发表在书上。"

早教两年记

米兰首次上培训班，两岁半。

这家两年前已经倒闭了的早教机构叫"艺乐宝贝"，位于杭州越都大厦，占了三楼整一层。装修得色彩斑斓堪称洋气，每个教室都有一面涂鸦墙。游戏区的小屋子、攀登架和滑梯是小朋友的最爱，吧台上一个大罐子里的奶香薄饼可以随便吃，很吸引小孩。米兰在游戏区认识的小朋友，比在教室认识的还要多。

"艺乐宝贝"号称美术音乐游戏式教学,每堂课的内容都不相同。加上离家近,米兰妈妈就选择了它。

　　"艺乐宝贝"的学员,每人有一本活页册,每堂课由老师写评语配课堂风采照片,今天回头看,还是很有纪念意义:

　　"今天的课是《蛋仔王国》,米兰把生鸡蛋打在盘子里，很喜欢滑溜溜的触感，不停地摸，直到老师发现她手上发出了小疹子，过敏了，米兰还是坚持把作品做完才去洗手……"

"今天的课是《雪世界》，米兰用面粉变了魔术，下了雪，打了雪仗……最后，米兰给面粉喝了彩色的水，捏成面团，加上眼睛和嘴巴，好可爱……"

"今天的课是《和石头做朋友》，米兰给石头涂上美丽的色彩，在地垫上拼成花，米兰对颜料的兴趣是非常大的呢……"

可是它一夜之间倒闭，成千上万的预交学费打了水漂，令所有员工和家长猝不及防欲哭无泪。

让孩子有轻松快乐的童年，道理谁都懂，可是谁都不想让孩子落后，试想，当人家啥啥都会了的时候，你的孩子啥啥都不懂，他还快乐得起来么。要乐，也是傻乐。

都说学英语要趁早，少儿英语培训多如牛毛，东考察西考察，上网查口碑，实地看环境，当然还得考虑路线方便，最终选了瑞思学校。米兰三周岁三个月大，与幼儿园同时开始，每周上一天英语课，包括午餐、午睡，年收费24000元，号称沉浸式学习，来回接送，驮着偌大的铺盖卷儿。

再说米兰很小就爱跳舞，合着火火兔音乐，在床上跳呀蹦呀，节奏感不错，动作很自由，有时像跳大神，有时像小狗撒尿。为了让小女孩的举手投足优雅一些，给她报个舞蹈班的念头，一直存在。舞蹈培训一样多如牛毛，而千鹤学校的几位女老师，趁幼儿园放学时，天天候在门口发宣传单，看见小女孩就热情地迎上来。

插一句，幼儿园门口的培训招徕实在是多：语数外、软硬笔书法、美术、器乐、唱歌、跳舞、编程、轮滑、跆拳道、逻辑思维……你想得到的都有，想不到的更有。保安会干涉，但永远赶不完。推销员手里，往往攥着五颜六色的一把玩具或贴纸，朝小孩手中塞，一旦接了，就要求留电话。留了电话，就一个接一个打过来。不胜其烦。

民办培训和少年宫的激励机制不一样，少年宫是结束时评优秀学员发奖状，好作品选送参加展出。民办培训是根据每次的表现积分换礼物，考级，发证。

"瑞思英语"所发的"瑞思币"，像模像样的dollar，不仅学员每堂课根据表现发，开家长会时踊跃答题的家长也发。家中抽屉抽开，一叠一叠的"瑞思币"。

"千鹤舞蹈"是发积分卡，每次登记累积。

礼物陈列在学校的显眼处，都是最吸引孩子的玩具。第一天上舞蹈课，结束后，米兰一眼看到了一套做指甲的玩具，各种色彩、形态，带花纹的，带宝石的，还配有胶水、一个微型烘干机。她看得目不转睛，外婆喊她换服装都听不见。然后急切地说："我想要这个。"外婆说："你想要，自己和孔老师说啊。"米兰人际交往属于慢熟型的，尤其是对成人。但此时她不顾孔老师已经在带下一个班，蹬蹬蹬地径直走到舞蹈教室中央，比比划划表达她的意思，教室里放着音乐，外婆在门口也听不清，只见孔老师微笑了，蹲下来搂着米兰的小肩膀说了什么，米兰点点头出来了。

"孔老师说，我好好跳舞，就奖励给我。"又补充道："其实不问我也知道，我是想要孔老师为我保留着，我怕等我来换奖的时候没了。"

从兴趣说，米兰喜欢画画，尤其色彩感觉不错，小时候她涂抹了两幅画，命名为爸爸妈妈。没有人物，只是大色块镶拼，一幅红黄橙调子的，是妈妈：一幅蓝绿褐调子的，是爸爸。

三周岁时，有一天晚上九点钟要求画画。妈妈给了一张白纸，给了十分钟时间。米兰说，十分钟很长啊。就用深红的水粉颜料，横涂了几笔，一头画了椭圆带尖嘴的耷拉的脑袋，下方还画了一滩红色。自命题为《死掉的公鸡》。惊诧于今天的孩子内容选择之宽泛自由出人意料，不由想起米兰妈妈，小时候热衷画仙女，仙袂飘飘手举魔法棒。米兰外婆小时候画的是民族大团结的小女孩，手拉手围成一圈。时代果然不一样。

小班毕业，四周岁那个暑假，在下城区少年宫报了两个班：美术特级教师朱国华工作室班、小主持人班。

米兰在家蛮活跃，能当小老师，谈笑风生，又唱又跳，可在外面需要当众表达时，声音细得像蚊子嘤嘤。所以报了小主持人班，想让她练练当众表达。

下城区少年宫人头稠密，家长孩子，进进出出，教室开着冷气，走廊暑热逼人。这个暑假，米兰呼吸道反复出状况，好几次上完课到市儿童医院做雾化，两门课都没能坚持到底。

2019 年下半年，刚刚升上中班的米兰上了秋季美术班，整一季她表示学得很开心，以至于后来转到市少年宫画画，她还怀念之前的班，问有什么不一样吗，答曰，有黏黏纸奖励。

之后，众所周知，半年暂停键。

杭州疫情防控做得好，2020 年 5 月，"瑞思英语"开课，6 月，幼儿园开课，生活回到常态。

暑假将临，夜半三更，米兰外婆在市少年宫的报名网上抢课。少年宫已经半年未开课，抢课场面白热化，终于抢到了"儿童美术"与"小歌手"两门。"小歌手"课周一至周六连着，上午八点半开始上课，唯一空档，周日上午八点半，又是"瑞思英语"。米兰妈妈周末清早打着哈欠发"朋友圈"：有了娃的周末，不配拥有懒觉。

但如果你认为早教仅仅是接接送送那就错了，这是来自农村的爷爷奶奶都会做的事情。早教最繁重的，是完成回家作业。

回家作业一般分两部分，书面——家长自己打印，视频——录好上传。美术课的作业是，课堂上画的内容，回家再画一幅。

英语、舞蹈作业可以想象，就说"小歌手"，每课教唱一首歌，当天的歌，晚上根据老师发的伴奏带录像上传。书面作业的内容：填出调号、拍号，在简谱上画出小节线、终止线，在二分音符、四分音符，八分音符下方画出不同颜色的苹果。这是第一天的作业。

每天都比前一天复杂，前奏，间奏，反复记号，高八度音符，低八度音符，四分休止符，八分休止符，连音线……逐渐加入。

画苹果最为复杂，二分音符、四分音符、八分音符分别是红蓝黄色苹果，附点八分音符是橙色苹果，十六分音符是深绿苹果，后十六分音符是浅绿苹果，切分音是两个黄苹果中间一个蓝苹果，小切分音是黑色苹果……需备好一整盒彩色铅笔。晕！

盘点一下米兰的学习成果吧——

"瑞思英语"的第一学年，顺利拿到毕业证书，还被评为"瑞思小达人"。学习一年半，遭遇疫情，停课半年后复课，早晚赶课，大暑天也照常。米兰有一次在上学路上表示："我不想上'瑞思'了。"问：

"为什么?"答:"老师讲的听不懂。上,还是不上?这是个问题。

舞蹈学校的更衣室很冷,米兰上几次就感冒了,上上停停,考级也错过了。萱萱奶奶对米兰外婆说悄悄话:"去考呀,交了钱肯定能通过的,干嘛不考。"

春节前,学校举办年度汇报演出,米兰班级的节目是《芭比时装秀》。舞跳得怎样且不说,服装和化妆的确美轮美奂。一年的舞蹈学习,留下一段视频,也算一个交代。

画画算是成绩最好的,被评为优秀学员。

最喜欢的哪个班?"小歌手"。

网上看到一段子:

问:上了这么多课,孩子的成绩是不是突飞猛进啊?

答:别提了,给孩子报班就像是往功德箱里放钱一样,主要是为了许愿!

相信80%以上的家长看了这段子,都会心地笑了。

外婆家

"国的回，七十年，1976，看贝……"

这不是什么密码，是米兰站在外婆家的书柜前，念念有声。

米兰五周岁，父母兴师动众为她换好了"学区房"，户口从下城区的朝晖社区迁到了上城区的长生路，新家的窗口望下去，就是杭州著名的天长小学。

做父母的，有几人能免俗？

新家附近的幼儿园插不进，米兰还得在朝晖幼儿园上一年大班，于是就近

住在了外婆家。

外婆从事文字工作大半辈子，别的不多书还算多。妈妈的专业是多媒体，从小热爱美术动漫。有了米兰后，这些书都留在了娘家。因此外婆家的书装满了四个书柜，认识了三四百字的米兰，喜欢站在书柜前，念念有声。

"国的回，七十年，1976，看贝……"依次是《帝国的回忆（纽约时报晚清观察记）》、北岛和李陀编的《七十年代》、袁敏的《重返1976（我所经历的"总理遗言"案）》、柴静的《看见》。

妈妈的藏书，图文并茂，对米兰更有吸引力。

米兰眼睛大大的，笑起来很好看，生气的时候，眼梢一拎，眉心变厚，龇牙咧嘴，妈妈说她像奈良美智画里的小孩。

"谁？你们说我像谁？"

日本艺术家奈良美智画中小孩的眼睛，眼角上吊，嘴角下撇，睥睨一切，一脸不爽，让人不禁产生联想，这世界究竟发生了什么事，让单纯、天真的小天使情绪如此的对抗？这，跟米兰怎么说清楚？

来到外婆家，米兰很快找到了这个小孩，《奈良美智，用小刀划开》。

翻开第一页，小孩手里擎着一张纸，"No nukes"，米兰认得 no，问外婆："她不要什么？"外婆也不认得，一查，"核武器！"米兰问："核武器是什么？"外婆答："一种杀伤力很强的武器。""有多强，比恐龙还要强吗？能炸死 100 个人吗？"……问题接踵而来。

"那么，米兰喜欢这个小孩吗？""喜欢。""喜欢她的什么？""她不开心，和我一模一样。""你有什么事不开心？""很多事，你们大人不知道的。"

米兰看来看去，又抽出一本妈妈的书，日本绘本作者高木直子的《一个人住第九年》。

高木直子以质朴可爱的画风，絮絮地讲着幽默轻松的生活故事，画面上所有的东西都是周围看得到的，五岁孩子看得懂的，甚至是琐碎的。米兰仔仔细细、角角落落地看高木直子的画，口中嘟哝：房间也太乱了吧，袜子穿了一只，小狗铅笔刨好可爱，垃圾桶里有巧克力的包装纸，地上一团烂纸巾，窗外有人在遛狗……

"哦，原来她是大人了，不是小孩。""那你还喜欢她吗？""是呀，看着看着，我好像就变成她了。"

米兰对自己的未来想法多多，曾想过开玩具店，开文具店，开宠物店，现在她的想法是，做高木直子那样的插画师。

住在外婆家，米兰离爸爸妈妈远了，离妈妈的过去却近了，妈妈收藏的小玩意，她都爱不释手：新疆的小绒帽子，陕西的小布老虎，云南丽江的东巴文字牌，威尼斯的彩玻璃小镜框……

麦兜麦唛系列绘本中，有个《完美的橡皮擦》故事，麦兜太爱橡皮擦了，为了保住它的洁白完美，不让它沾上污垢，不舍得使用橡皮擦。于是，米兰打开下一页，是麦兜的方格写字本，每一格、每个字都歪歪扭扭，像一团一团的乱码，黑黢黢的。米兰大惊失色："这是妈妈小时候乱涂的吗?"

外婆说："这不是妈妈涂的，是书上本来就有的一页，是麦兜涂的。不过妈妈小时候也爱乱涂，把她的外公外婆的公园年卡上，两张照片都涂成红脸蛋，检票的人一看，笑死了。"米兰笑喷。

米兰正处于乱涂的阶段，外公炒股票的 k 线图，外婆做数独的书，这里那里都发现了她的手迹。

有一天幼儿园放学回家，米兰说同学推荐了一本好看的书，让外婆给买。"什么书?"米兰低头看了看："《十万个为什么》。"外婆顺着米兰的目光看去，她当天穿的一条宝蓝色裤子上，写的几个字，正是"十万个为什么"，边上还画了个小女孩的笑脸。她怕忘掉，正好这几个字都会，就随手一记。字是用黑色马克笔写的，洗不掉。

米兰住到外婆家，似乎一夜之间长大许多。"外公，我上幼儿园去了。""外公，我回来了。"进出打招呼。很多事情自己记得，比如早晚洗脸刷牙，睡前吃维生素，外婆忘了她会提醒。很多事情不求人，牙杯搁架子上拿不到，她在洗脸台上双手一撑引体向上，一伸手摘了下来。

学习态度大有改观，幼儿园放学自己翻开本子做算术题，不用外婆从头到尾陪着，有疑难时才求教，基本上一气呵成。在家里她做两三题就要在地板上躺一会儿，她觉得家里的地板阿姨擦得特干净，从学会走路起就习惯光脚走来走去，拖鞋穿上就甩掉，一只甩到阳台上，一只甩到沙发底下。到了外婆家，进出自己换鞋，甩鞋已成历史。

从家里千挑万选带过来的毛绒玩具——小白老虎、皮卡丘、熊猫，这几个"幸运儿"，基本没有玩过，好像被她遗忘了。艾莎和芭比，偶尔玩一下。

以前米兰不管做什么，吃喝拉撒玩，都必须有人陪着，现在常常一个人待半天，在纸上写写画画。她将一张16开练习簿上撕下来的纸，横竖画几道，隔成一些小空间。最上面一行，名字、性别、出生年月，像是填表。下面几行，有一格写"中华人民共和国"，有一格是穿裙子戴皇冠的自画像，一格写"今天去了海洋公园"，另一格写"milan、k2036"，这是英语班的名字班级……

还有一格很有意思，画了一栋有门有窗有烟囱的房子，是她心目中的家，一边写着：401，501，601。

　　哦，原来米兰的记忆中已经有了三个家。问她最喜欢住在哪个家？她想一想说："501，是我小时候的家，玩具特别多；401，离幼儿园近，书特别多；最喜欢 601，因为有我自己的房间，它叫蓝色梦幻。"

新闻联播

自米兰出生，爸爸妈妈就戒了电视。到了幼儿园大班体检，米兰的视力还算可以。同龄孩子中有好几位戴上了眼镜儿，包括她的好朋友杨杨。

米兰住到外婆家，外婆家电视也不常开，只是吃早饭时顺便看新闻，外公晚上一边泡脚一边看电影。

老年人生活比较规律。米兰一看外公开始泡脚看电影，就说："哎呀，我的睡觉时间到了。"

她擎着牙刷，从卫生间溜出来，一眼一眼，偷瞄外公的电影。

很快她摸出了外公的喜好：外公的电影好好看啊，嘿哈嘿哈，钉铃桄榔，全都是打来打去的。

每天早上，允许米兰一边喝奶一边看新闻。五周岁半，是可以了解一些杭州、中国、世界上发生的事情了。

学了400多个字，也尝试让她学以致用。

米兰最看得懂的是来自全世界的新冠病例报道，哪个国家新增多少，死亡多少，边看边念念叨叨。从春天的停课开始到复课后老师的反复强调，米兰和每个中国小朋友一样，都将防疫这件事养成了习惯，出门时总要提醒外婆给她准备两个口罩，因为有一次在少年宫将口罩带子扯断了，婆孙俩只能步行回家。

那天刚听完"新冠"报道，又听得美国阿拉斯加州发生地震。米兰若有所思地说："唉，美国的事儿，怎么那么多呢？"

听新闻听出无穷无尽的话题。

伊朗核物理学家遇刺，一连几天的报道。米兰问："为什么老是说这件事情？"外婆说："大概因为凶手还没有查出来。"米兰说："为什么还没有查出来？有那么难查吗？"

一连几天报道的还有格库铁路的开通。报道说，通车后，从库尔勒到达格尔木的时间从过去的26小时缩短到12小时。米兰惊呼：26小时！那么说要到明天才下车了，一天不是只有24小时吗？

"我国"是什么？外婆答，就是中国，就是米兰的国家，就好像说我爸我妈我家，都是一样的。哦，她很惊讶，我爸我妈我家，我懂的，但"我国"，我这么小个人，那么大一个中国，是我的吗？

很多问题，我们成年人似乎听得烂熟，真正深究起来，未必完全了解。米兰听了很多国家的疫情报道后问："世界上一共有几个国家？"外公外婆读书时肯定是考过的，但早已忘记了，只好查答案。网上答案也很多：192，193，197，198……

"'十三五'是什么？"米兰发问。"噢，就是国家的'第十三个五年计划。'""那，有'第一个五年计划'吗？"

任何事情，小孩喜欢从头想起，也对，一生二，二生三，三生万物么。在公交车上，米兰问："有1路车吗？""当然有啊。""我们怎么从来没坐过1路公交车？"

所有老杭州人，对于杭州的1路无轨电车印象都颇深，拖着两条长长的辫子，从城站广场开往拱宸桥。那时杭州一共没几路车，现在的1路，外婆还真答不上来。

同样的，"第一个五年计划"外婆也答不上来，只好去搜索。从公务员考试复习题上查到填空题：我国"第一个五年计划"从哪一年开始？选项 A：1952；B：1953；C：1954；D：1955。

正确答案是 B。

"为什么要有"五年计划"呢？"上幼儿园路上，她还在想这个事。

"嗯，国家要有计划，个人也要有计划。比如米兰你，'第一个五年计划'已经完成了，从50厘米长到110厘米，从3公斤长到18公斤。学会走路学会说话，认识几百个字，会做20以内算术……

米兰打断外婆："那我也有"十三五"吗?"

"有啊，米兰到了'十三五'，也跟外婆差不多老了，也要做奶奶了。"

"我才不要'十三五'，我不想老。说完自己打卡进了幼儿园。"

最晕的一次问答。"外婆，什么是贫困地区?""噢，就是说，那个地方比较穷，小孩上不了学，吃不饱饭。""哇噢，"米兰说，"贫困地区好耶，我想去贫困地区。"外婆心惊，学习和进食，我们也没有怎么逼迫她呀。

比起新闻，米兰更喜欢看广告，央视的广告大多是城市和旅游景点的广告，蓝天白云，春花秋叶，滑雪和过山车，古城与现代建筑，反正都是一地最美的照片。她边看边说，我想去，我想去……哪儿哪儿她都想去。

比广告更喜爱看的是天气预报，看到天气晴好，"那我可以穿裙子吗?"看到寒冷降温，兴奋得不得了，"要下雪啦！"其实是北方在下雪。

　　米兰爱玩《中国地图》拼图，对主要城市有些印象，天气预报滚动条出来时，她就跟着念，"兰州、西安……太原、石家庄……都州、哈巴……""都州、哈巴"是啥名堂？原来是郑州、合肥，说给爸爸妈妈听，笑翻。

虚拟世界

　　蚂蚁洞有两扇大门，一扇朝外开，一扇朝里开。朝外开的门只出不进，朝里开的门只进不出。

　　门里边相对应的两条路，如高速公路或隧道那样，单向，全封闭，进进出出的、浩浩荡荡的蚂蚁大军，碰不了头，行进流畅，绝不会拥堵。

　　地底下的道路弯弯绕绕，系统庞大，整体像一个迷宫，道路通往不同的洞穴宫殿。寝室、餐厅、洗衣房、卫生间……

寝室里搭着双层床，蚂蚁那么多，不搭双层床怎么行？

餐厅里，灯光明亮，餐桌上放着花。

洗衣房和卫生间设施齐全，有进水管，有下水道。

后宫陈设豪华，蚁后戴着王冠坐在高高的宝座上，四周围着兵蚁。

名为《蚂蚁洞》的画，有两幅，一幅是米兰画的，一幅是外婆画的。自米兰住到外婆家，每周教外婆画一幅画，画过《从冬天到春天》《春天的样子》

《史上最可爱小蜗牛》《美人鱼变骨头》《三套不同款连衣裙》《餐桌上》等。画完，米兰打分，外婆的《蚂蚁洞》只得了66分。

外婆承认，《蚂蚁洞》自己是想破脑袋也画不出来的，同样画不出来的还有《美人鱼变骨头》。

长方形的画纸，折出隐藏的内页，显露的纸面上端，是美人鱼的上半身，下端，画着长长的鱼尾，合缝对接，一个完美的美人鱼公主。周围有水母、海马、小鱼、水草，一个宁静美好的海底世界。

然而将内页拉开，贯穿着一条骇人的长长鱼骨架，上下端与美人鱼衔接，就像魔术一样，美人鱼秒变为白骨。不知是环保主题呢，还是悬疑格调？

小孩心里藏着一个偌大的世界，住着动物，住着神仙，住着她自己，偶尔有她的好朋友。在那里，她有着自己的逻辑，不用按照成人的规定学这学那，写这写那，画这画那，一分钟拍几个球，一分钟跳几个绳，抓紧抓紧，刷牙了，上床了……在那个世界，她自由自在，不受束缚，她呼风唤雨，无所不能。

米兰给外婆讲三叶虫的故事，可以从幼儿园放学讲起，沿着运河边走回家，还没讲完，晚饭吃过坐半小时公交车去少年宫上课，公交车到了少年宫，还没讲完，滔滔不绝。

三叶虫进入了米兰的生活，和米兰一起长大，成了米兰形影不离的朋友。

三叶虫的形象从模糊到清晰，数量从一个发展成十个，从十个壮大到一个王国。三叶虫王国里有很多神仙，米兰自认是其中最大神仙，掌管一切。

米兰说："你们不要以为我坐在宝座上就可以了，我很累的，每天要打妖怪。""你可以派兵去打的嘛，还要亲自打？""厉害的妖怪，打掉一个头，又长出一个头，他们打不过的，只好我自己打。我还要卖珠宝赚钱，做药给大家治病。你们说我是有多忙。"最近她发展了第二大的神仙来做助手，不是别人，是米兰妈妈。外婆想申请做第三大神仙，被断然拒绝，"你太老了。"

三叶虫王国的盛典是蟠桃大会。有时在天上举行，有时在海底举行，邀请谁参加由米兰决定。邀请的名单中，有长发公主，美人鱼，有嫦娥……外婆问为什么邀请这个而不邀请那个，米兰说，那个人的黑暗能量太多。

三叶虫王国经常要进行万圣节或圣诞节的排练。"今天晚上是圣诞节排练，谁来担任圣诞老人，由我指定。""哦，那你选谁呢？"外婆问。"我选丑的人来当圣诞老人，反正化妆后看不出脸的对吧。"

　　长臂猿是三叶虫故事中的衍生品，出典在米兰刚刚脱离小婴儿阶段，入眠前总要求"搂搂"。夏天大床上，米兰滚得老远，仍要求"搂搂"，外婆说："我又不是长臂猿，怎么够得到你？"从此，米兰的虚拟世界里多了小长臂猿。

　　小长臂猿特别调皮，上蹿下跳，专门搞破坏，一会儿偷吃蟠桃，一会儿打碎香水瓶，睡觉时间床上一个也没有，全都挂在门框上、窗框上、天花板上……米兰说："这些小长臂猿啊，除了我，没人能管得了它们。"摇头叹气。

　　正叙述着，米兰说等一下，她袖口一撸，接起电话："喂，小长臂猿妈妈吗？嗯，他今天闯了100个祸，我就不具体说了，我很忙，要上画画班。还好，我跟他谈过，他已经认错了。没什么没什么。挂了。"嘀。在手腕上划一下。

　　米兰过了五周岁半，对模拟游戏仍乐此不疲。春天的白昼长了，晚饭后，天气好，去朝晖公园喂蚂蚁，下雨，就在家里玩水晶宫游戏。

美人鱼公主要举行盛大舞会，王子们带着礼物前来参加。米兰披挂停当，第一个王子前来。

叩门声。谁呀？青蛙王子。请进。青蛙王子献上礼物。

叩门声。谁呀？带鱼王子。请进。带鱼王子献上礼物。

叩门声。谁呀？八爪鱼王子。请进。八爪鱼王子献上礼物。

礼物都是扮演王子的外婆随手抓的，笔、橡皮、纽扣、小包纸巾、用破塑料袋捏的一朵花……公主都愉快接受。

后来，外婆随口说："我是左原诚王子。"左原诚是幼儿园的小男生，米兰的好朋友。公主大乐，示意接下去都请真人王子。于是杨杨王子、金逊王子、祝亦诚王子、黄一王子……一一前来。

佐罗王子也是重要人物，刚刚在外公那里蹭看了半部《佐罗》，立即成为米兰视野里最好看的电影，佐罗成为米兰心目中最帅的王子。

有一次，外婆说："我是小铃铛女王子。小铃铛是幼儿园小女生。"米兰说："不行，世界上哪有女王子?"

再过两个月她六周岁了，再过半年就是小学生了，无论在幼儿园还是培训班，表现都能符合要求。尤其是周末晚上的学前综合班，长长三小时，数学、拼音四节课连上，课间休息十分钟，完全是小学生的节奏。颇有些同学上课时间到了还赖在祖辈怀里吃东西，或者突然提出要尿尿，甚至老师出来叫名字了还磨磨蹭蹭。而米兰一定是抓紧上完卫生间并洗手，提前在座位上坐好。她必定已经懂得现实社会的规则，所以她更需要在虚拟世界里上天入地唯我独尊，过最后一把瘾。

临睡前米兰说："我心中的秘密城堡，有 20 公里长，里面住着 1000 个公主，我是女王。"

毕业歌

时光进入 2021 年五六月份，米兰很忙。

"外婆，你帮我找两首毕业歌，一首毕业诗。"

一首歌是《感谢》："感谢亲爱的爸妈，给我挡风遮雨的家……感谢亲爱的老师，为我指引迷惘方向……"

"外婆，指引迷惘方向是什么意思？"

外婆呆了好久说："嗯……就是告诉你，将来要成为什么样的人。"

“什么是将来？”

“将来就是以后。”

“噢，难道以后我要成为别人了？不是我自己了吗？”

另一首是《时间像飞鸟》：“时间时间像飞鸟，嘀嗒嘀嗒向前跑，我们今天毕业了，明天就要上学校……老师老师再见了，幼儿园幼儿园再见了……”

这次是外婆发问：“米兰，有没有一点点难过？”

“为什么要难过？”

“一起玩了三年的同学要分别了。”

“难过啥呀？加个微信好了，你以为是古代啊。”

6月6日，米兰六周岁。不同以往，喜忧参半。

一周岁生日，吹蜡烛，吃蛋糕，新鲜好奇，傻乐；两周岁生日，会走很多路了，可以去自己想去的地方，会说很多话了，可以表达比较复杂的意思，真乐；三周岁生日，尤其乐。

家门口有一家文具店，米兰是常客，无论从哪里回来，总要进去转一转，橡皮泥、小剪刀、音乐盒……样样喜欢，但只要告诉她得“三岁以上”才能玩，就不响了。她觉得那是遥不可及的将来。终于三周岁生日了，简直狂喜，"三岁以上"，是不是意味着拥有了全世界？

四周岁生日，五周岁生日，在幼儿园给小朋友分发礼物。班里 28 个孩子，每个月都有几个过生日，一人生日，大家得礼物，岂不是很开心？这规矩做得好。

六周岁生日前后，米兰生活中的学习份额无可奈何地增加了，我一同事的儿子，学前没上过任何兴趣班、培训班，真是佩服。学前综合班学习数学和拼音，硬笔书法学写字，都有回家书面作业，加上常规的识字阅读诗词练习，加上毕业典礼的节目排练，米兰显得很忙。

六周岁生日前后，大人会有意无意地提醒，六岁了，再不能这样子了，再不能那样子了。或许每个家长并没说几句，可是不止一两个家长，加起来就多了，米兰听得心烦，不时叹口气："不开心。"

临近毕业，米兰写字的时候总是哼着"五星红旗迎风飘扬……"，走路的时候是："从今走向繁荣富强。"她唱的是结束句，随着音调上扬，一遍又一遍地扬起小细胳膊。外婆说："自动扶梯上嘛就不要练了，手扶好。"米兰严肃地说："老师说过，一定要唱准确。"

六月底，米兰带回来毕业典礼的邀请函。深红色的卡片上，一束由白色百合、金穗银穗组合的花。翻开，里面是孩子手写的节目单。米兰指着其中一项说："外婆你看，这是我的节目，《红星闪闪长生路》。"

妈妈为选择更中意的学校，前几年米兰搬了家，从下城区朝晖七区搬到了上城区长生路。所以米兰脱口而出，将长征路说成了长生路。想想也没大错，建党100年，还不是长生路？

《红星闪闪长征路》是走秀节目，米兰穿一套白色国旗装，肩章帽徽领带，佩金色绶带，相当神气。演出的早一天晚上，外婆说："米兰走个秀看看呗。"米兰说："那你要为我准备一面党旗呀，没有党旗，我怎么走？"

闷热的下午，四点钟放学后，毕业典礼在幼儿园的操场上如期举行。家长持邀请函进场，坐到指定的位子。头顶飘来一片云，炽烈的阳光忽然收敛，却不下雨，夏日户外，给了家长孩子们最温柔的气象。

米兰出场了，两人组合，四人组合，八人造型，一次次亮相，孩子们的动作颇为标准，能想见老师花了多少心血。

最后，配合整齐的动作，近百名幼儿，稚嫩的童声齐唱《感谢》："感谢亲爱的爸妈，给我挡风遮雨的家……感谢亲爱的老师，教导我无尽知识……感谢路边的小花小草，装点风景诗篇；感谢经过的大风大雨，带给我勇气……感谢流动的水伟大的高山，感谢上天和大地，我们拥有平安的每一天。"

这是一首好歌。

和所有小朋友一样，米兰从园长妈妈的手里，接过了毕业证书。园长妈妈蹲下身子，和米兰合影。

这是六岁孩子第一次庄严而神圣的时刻。

米兰上的是普通的公立幼儿园。事后听说有几家私立幼儿园因疫情防控，取消了准备已久的毕业典礼，不由庆幸米兰幼儿园领导的敢于担当。

米兰所在的大四班制作了毕业帖，毕业寄言中，别的小朋友都很懂事地感谢老师感谢阿姨感谢同学，只有米兰说："感谢好朋友徐瑾馨，陪我学习游戏，陪我一起长大。"长长三年时间，她只感谢一个人？

　　庆幸米兰遇到好老师，能懂得孩子的心。不仅没有指出米兰的"言辞不妥"，还将这段话上传幼儿园公众号。当人生徐徐展开的时候，这是多么重要。

开学了

"噢呜——"一走进自家楼道，米兰发出一声悠长的狼叫。

进屋，正好到了几箱快递。有一箱是纸巾，箱子比较大。阿姨刚刚将箱子腾空，米兰甩掉鞋子坐了进去，让阿姨拖着她玩。

这是怎么了？"坐车车"游戏，两岁的时候常玩，没完没了地玩，边玩边模拟火车、汽车的声音，最远的，模拟游轮去马尔代夫。上幼儿园后就玩得少了，中班大班几乎已经不玩，自以为，长大了。

这是一年级的第一天放学回家的情景。从老师发来的照片看，升旗，站得笔直，上课，坐得工整，吃饭，虽然不能立即改掉挑食的坏毛病，但勺子扒拉扒拉动作挺快……

长长一整天，高度规矩，精神绷紧，才需要宣泄，需要放松，要适时地回到小婴儿时代？自己能想办法平衡，这也是一种能力。

开学一周后才知道，住在四楼的汤路凡是米兰一（2）班的同班同学。汤路凡妈妈问："米兰性格比较

外向吧?""不呢,"米兰外婆答。"我们听见她学狼叫,以为她很外向。""哦,是因为内向,才需要这样嚎一下的吧。"

米兰是个敏感害羞的孩子,见了生人话很少,甚至到学校报到那天,连老师问她名字都一言不发。回来外婆问她为什么?她说:"我话到嘴边了,就是说不出来。"

开学前几日,米兰的班主任黄勤老师,打电话给米兰妈妈,说晚上来家访。米兰心里很热情,表现很紧张。

她从下午就开始准备,挑选最喜欢的裙子换上。

阿姨说："你还没有洗澡呢，快别把漂亮裙子穿汗臭了。"

她连忙放下，又找出彩色皮筋，编一条手链，准备送给老师。

为了上杭城著名的天长小学，妈妈几年前开始考虑换房，现在的住房，就在天长小学的隔壁，从新家的窗口望下去，就是学校的楼顶。放学早的日子，能听见学校合唱团排练的歌声，纯净美好，犹如天籁。

楼层比较高，说好的电梯还没开工，黄勤老师上来，走得气喘吁吁。坐定，她先掏包包：老师要送米兰两个小礼物。米兰眼睛一亮，表情马上轻松了一些。

礼物是一本图文书和一根跳绳。老师问："能念出书名吗？"七个字米兰认识六个，朗朗地读了出来。老师又问："会跳绳吗？""会"。"几个？""11个。""好棒，加油！争取开学能加倍。"加倍是几个呢？

两件小礼物，语文、数学，连同体育，不动声色地，都考察了一番。

然后米兰主动说："我也要送老师礼物呢"，哒哒哒跑到自己房间去取出串好的小手链，这一来立马就不大拘谨了。然后再是自我介绍，谈谈爱好什么的，就非常顺畅了。米兰爸妈和外婆都非常感动，天长老师果然不同凡响。

2021年9月1日，天清气朗。小小的米兰背着大大的书包，走进校园，走到很里面，快转弯时，才回头朝妈妈看了一眼，在妈妈的镜头里，成为一个剪影。

一（2）班有个班级图书馆，老师鼓励小朋友把家里的书带去，大家交换看。老师在"班级群"里发出几张照片，是率先捐书的孩子。米兰也想带，选了一本《小美人鱼》，放学时外婆觉得书包好重，一看，《小美人鱼》仍然在书包里。米兰胆子小，没有勇气拿出来。

第二天换了本《红楼梦》，放学时仍然在书包里，没有拿出来。

第三天，成功了。

一（2）班的不少同学原先是附近同一所幼儿园的，相互熟识，而米兰来自下城区，完全陌生，性格又慢热，只能慢慢来。

有一天回家很开心，"今天老师表扬我了！""哦，什么事?""有个同学忘记哪里可以灌水喝,老师让我当小助手,带同学去接水。"

这就是好老师啊。

开学两周,米兰得到了5张小奖状,分别是关心集体乐于助人的"爱心小天使"、积极能干主动做事的"班级小助理"、写数字竞赛的"书写四星"、课堂乐园作业的"作业之星"两张。米兰把它们固定在自己房间的城堡墙上,每张都用一个美丽的蝴蝶磁贴。

开学一星期,米兰在外婆的电脑上写下这些文字:

我是小学生

蔡米兰

米兰上学了,米兰很高兴,啦啦啦,很开心,我上了天长小学,我成为了一名小学生。

我上了语文课、数学课、美术课、科学课,还有心理健康课、道德与法制课、东坡文化课、音乐课、形体课、体育课。我最喜欢美术课和科学课。

我有八位老师,黄老师、小黄老师、张老师、乔老师、丁老师、叶子老师、邓老师、袁老师。这些老师都是给我上课的。

我有 44 位同学，对了，我的编号是 26，对了，我的朋友有两位，一个名字叫李沐宸，另一个呀，名字叫王铭睿。

我的同桌呢，叫尉宸铭，他给我画了一张画，给我画得超级难看。我给他画的呢，简直太棒了。

校园深深

　　天长小学历史悠久，扳指一算，等米兰小学毕业，恰好满 100 岁。

　　天长小学地处杭州市中心的黄金地段，出校门百来步，就是水光潋滟、山色空濛、水鸭子排队过马路的西湖边了。

　　米兰的太公在天长小学当过教师，米兰的外婆、两个舅公是天长小学的学生。天长小学与米兰深有渊源。

　　小学是最奇特的魔法学校，如果用

动漫手法表现，可以画一栋楼，从左边走进去是一个也许还要哭鼻子、尿裤子的小不点，右边门里出来的，已经是清奇少年、俊美少女。

2021年9月1日，身高1.2米、体重22公斤的米兰，背着两公斤的硕大书包，就这样走进了校园。

因为正值新冠疫情阶段，门禁森严，家长们不能越雷池一步。目送越走越小的小身板，家长的宠溺心，一下没了着落，颇生出"校园深深深几许""学门一入深似海"之感。

当然老师很懂心理学。除了早间在操场上站队的视频，第二个发到"家长群"的视频就是午餐。

镜头快速地扫过每一个宝贝，所有孩子都动作飞快，扒拉扒拉吃得津津有味。放学时，祖辈家长们伸长了脖子，接到自家宝贝，第一句就是："饿不饿？要不要吃东西？"还是幼儿园的老习惯。

然而小学就是小学。国家教育部有严格的规定，小学一二年级没有书面回家作业。是真的吗？新手家长都半信半疑。

9月6日，开学后的第一个星期一，米兰的家校联系本上，贴了豆腐干大小的一小纸，内容如下：

语文：

1. 大声朗读《天地人》（书 p6）三遍，并给每个字口头组词。（　　）

2. 练习正确的握笔姿势，写字姿势，熟悉自己的名字。（　　）

3. 亲子阅读 30 分钟。（　　）

数学：

1. 说书 p11—12。（　　）

2. 练画点、连线。（　　）

3. 复习《课》p5。（　　）

其他：

积极备战素质运动会，具体记录练习情况。（　　）

句末的括号打勾用，完成一项，勾掉一项。

据这天的家校联系本记录，当天，米兰除了逐项完成上述口头作业，还阅读了《小美人鱼》第 47—65 页，阅读时长，30 分钟。

跳绳 56 个。

下方是老师和家长的沟通并签名。

回家书面作业的确没有，但一项一项对照完成打勾，家长并不轻松。

老师工作量更大，光写当日评语就是 45 条，有时还辅以简图：红苹果、王冠、大拇指、爱心……得到老师的手绘奖励，米兰特别开心。

9 月 6 日这天，老师给米兰的评语是："今天能积极举手发言，（笑脸）悄悄提醒，声音可以更响亮哦！"

"小豆腐干"发了两个多月就成为历史，自 11 月 18 日始，开始自己抄写回家作业，除一个"口"字，使用的都是汉语拼音。小学是最立竿见影的学习，现学现用，学到哪儿，用到哪儿。

拼音下面，米兰画了三个火柴棍小人，一个甩绳圈，一个抬起腿，一个作划船状。米兰说，这是三项体育回家作业：跳绳、高抬腿、坐位体前屈。

一年级学习不算辛苦，辛苦的是最初的好习惯的养成。

为此，老师特意设计了三张统计表：小拖拉机、小马虎、小光盘侠。每周公布一次。

上课铃响过了，校门口还会有家长气喘吁吁地赶来，课本、文具盒、水杯……送啥的都有；放学了，课桌上、抽屉里，角角落落总有拉下的东西。丢三落四，记为小马虎。

拖延症，什么年龄段都有。一年级更是拖延得理直气壮，为啥作业拖延？因为铅笔断了，橡皮找不到了。记为小拖拉机。

如今的孩子不缺吃，不懂得珍惜食物。连校长都亲自前来和各班的"小光盘侠"合影。但对于米兰，表现最次的是这一项。别人一周一个"正"字，天天光盘，米兰没有光过一次。有一次，值班老师让米兰把剩下来的西蓝花梗吃掉，她立刻拿出幼儿园的吃饭法宝——眼泪汪汪。之后好几天，同学碰到她都说一句："蔡米兰，吃饭辛苦了！"

一直到三年级开学时，米兰在第一篇作文《三年

级》中用排比手法写了很多三年级的变化：教室搬到三楼了；学科增加了，从两门变成了四门；同学长高了，校服都得重新买了……最后一段是："三年级，午餐的饭菜量变大了，以前'光盘'的同学现在光不了盘了，以前我光不了盘，现在更没希望了。"

黄勤老师在一边批语："哦哦，看着这句话，有些惆怅。"

差点没头的尼克

上小学是分界线。

之前挂在嘴边、无时无刻不与米兰在意念中游玩相伴的三叶虫留在了幼儿园，一举一动、一颦一笑都爱模仿的《冰雪奇缘》中的艾莎公主留在了幼儿园，米兰与 ta 们，渐行渐远。

米兰不是个爱挑战自己的人，有得偷懒乐得偷懒。之前也已经认识了不少汉字，但拿到一本感兴趣的书，还是翻一翻插图，就扔给妈妈或外婆：

"讲！"

上了小学，老师在家校联系本上明确写着："亲子阅读30分钟。"米兰立刻就学会了自己读书，家长走近，她一下将书合拢："我自己看！"她不要你打扰，要全心全意与书为伴。

米兰的新热衷是《哈利波特》。《哈利波特》里面有个差点没头的尼克。

一年级下学期，2022年5月，一（2）班进入热火朝天的排练，准备参加学校的"丛林展示"。"丛林展示"是按班级为单位的才艺展示，家长参与策划，人人参加。

米兰参加的是由米兰妈妈策划的"24节气"走秀，走几步，摆个酷，念一句与节气有关的古诗。

念念有词地睡下，第二天一早起床，早饭，哭，上学，哭。

说不想上学。摸摸额头，没有发烧。那是为什么？脖子痛。

仔细看，是有点歪，有点僵，像是通常说的"落枕"。大人凭经验说，"落枕"没啥关系的，先上学，放学去医院看看。

第一天的诊断尚不明确："颈椎半脱位？"医嘱使用颈托固定，避免上体育课等剧烈活动。米兰戴着颈托坚持上学。放学时同学的奶奶请她吃雪糕："小姑娘太坚强了。"

然而越来越严重，整个人都有点歪斜了。三天后确诊："环杓关节脱位。"第一次听说"环杓关节"这个医学名词，环杓，是由杓状软骨底与环状软骨板上缘的关节面构成。

医生表情严肃，立即叫停上学，彻底休息，如不能自行复位，还要手术。

事情有点大，环杓关节上面安放的，就是脑袋呀。连拍片都是要张开嘴拍的。

幸运的是，我们没有像通常对付"落枕"那样，给她捏肩捏颈。要真的这样弄，保不住真要变成"差点没头的尼克"了。

米兰开始了在家学习。米兰三年级时，老师出了个作文题《记一件温暖的小事》，米兰想起了那一段日子：

在颈椎脱位的日子里

蔡米兰

前年5月，一年级的我一觉醒来，发现脖子歪了，很痛。我以为没事，就去上学了。

放学后，我去了医院，一查才知道，是颈椎脱位了，戴上了颈托，不能上学了。

虽然在家，学习照常。每天黄老师把作业发给我，我做完之后，拍照传给她。没过多久，黄老师就发来了长长的语音，一段接一段，有的是45秒，有的是1分26秒……最长的有3分钟多。

黄老师总是先表扬我，再具体辅导，辅导时非常耐心细致。比如这一撇、那一捺应该怎么写，让我心里暖洋洋的。

在家休息了将近一个月，我的学习基本没落下。

我上小学的第一个六一儿童节到了。医生说我已经好了个七七八八，但我的颈托还是不能拿掉。当我去参加六一活动时，我受到了国宝大熊猫一样的保护，让我心里非常感动。

多么好的老师和同学，多么温暖的天长大家庭。

米兰一直期盼能参加"24 节气"走秀节目，但终究不能。米兰妈妈于前两日在"家长群"里求援，很快有好几个家长和孩子表示可以代替出演米兰的角色。

"丛林展示"当天，米兰戴着颈托，在家看 ipad 上的直播，小手像抽风一样，点了无数的赞。

至于黄勤老师的辅导有多细致，在此摘录几句语音转文字：

"这个'都'，比较难。黄老师希望你仔细观察好不好？米兰仔细看啊，左边这个'者'，大部分在左半格，但有一部分是穿到右半格的，也是左右结构，有一个相互紧凑的一个写法在里面。第一笔横要碰到竖中线，然后第二笔竖是最高的，第三笔横要从左穿过竖中线。好，接下来这撇很关键。第四笔这个撇，要从左上方，也就是竖中线的右边一点点，但又不碰到第一笔起笔，穿过第二笔和第三笔的交叉点，就从'土'下面的这个交叉点撇出去。……"

第一个学年结束了。米兰以全优的成绩，获得了"全能生"的称号。

按事先许诺，暑假开始时，米兰得到了一套霍格沃茨城堡的乐高。米兰花一周的时间拼好。

　　哈利波特、罗恩、赫敏、马尔夫……个个手持魔杖，校长邓布利多的魔杖，装饰尤其繁复。那个"差点没头的尼克"带夜光，挂在城堡墙角走廊，晚上熄灯后，仿佛在空中漂移游荡。

一句话筑城堡

一年级下学期开始，米兰多了一项回家作业——每日一句。

米兰外婆自从后半辈子以文字谋生，不乏有人来邀请她去给孩子讲"文章该怎么写？"米兰外婆当即懵掉。文无定法，这该怎么讲？

然而自米兰上小学始，外婆几乎也同步学习了"文章该怎么写？"这一课。

2022年2月18日，米兰写下第一句："我去了Du du cheng（嘟嘟城），我学习了 pao cha（泡茶），duan gei（端给）妈妈 he（喝）。"

黄老师给了两颗星，批语："真好!"

2月21日，星期一，第二句："下次冬 ao 会在米兰 ju xing（举行），有没有人 yao qing（邀请）我?"

黄老师给了一颗星，批语："哈哈，争取一下，也许会有呢!"

自从开始"每日一句"作业，米兰每天放学的路上都很发愁。外婆启发："想一想今天学校有啥有趣的事?""没有。""有啥记忆深刻的事?""没有。"……"那么看看树叶子长出来没有？楼下人家的母猫有没有生小猫?"

这一天米兰知道，不一定非得写自己的事，显得很高兴。

2月24日（为阅读流畅，以下省略拼音）："今天俄罗斯和乌克兰打起来了。我希望中国不要打架。"两颗星。

没错，就是打架。小孩子眼中，打起来不就是打架么。

4月6日："我们家边上的梅地亚宾馆被封掉了，

来了很多'大白'，我要戴好口罩。"老师叮嘱："保护好自己哦!"两颗星。

有时是吐槽。3月1日："爸爸妈妈太过分了，杂志发下来了，我都不喜欢。"杂志是学校下发单子让选择订阅的。爸爸妈妈勾选时，估计不够民主。老师感叹："哦哦!"一颗星。

有时说心中疑问。3月10日："这个学期，什么时候春游呢? 我好期待。"

老师懂孩子心："一起期待。"笑脸。

有一天，米兰写："今天我听写优双星，我很开心。"

优双星，是平时作业的最好成绩，一年级小朋友，梦里都想着优双星。期末学校组织班级义卖，一(2)班把自己的店铺起名为"优双星"小店。

过几天又是："今天听写优双星，我很开心。"

等到第三次还想写这，外婆说："不要再写了吧。"

"为什么?"米兰不解。

"重复写，没有新意了。"

"那我们统计星星为什么可以重复统计?"她摊开

本子最末一页给外婆看，大半个学期，已经积累了密密麻麻的星星。

外婆说："统计是给自己和老师看的，写文章是给别人看的。你老是写同一个内容，谁还爱看啊？"

米兰说："每日一句也是给自己和老师看的呀，哪有别人来看？"

"外婆就是别人嘛。你第一次写我很惊喜，第二次没有惊喜但也高兴，第三次我就希望看点别的内容了。"

她想了想："今天我口算没做完，就差两题，下次加油！"这句话得到黄老师表扬，批注：加油！

于是米兰知道，不一定非得写好事情，'坏'事情也可以写。

有一天，米兰由衷地对外婆说："我觉得，写一句话不那么难了，可以写的事情很多。"她还特意跑到新华书店，买了一本书叫《一句话日记》。看得很仔细。

二年级上学期，还是延续"每日一句"，但她写的，明显不止一句了。

二年级多了很多内容。首先，天长小学利用地理优势，与杭州市少年宫联手开展了每周两个下午的体育培训。课程有乒乓球、跆拳道、武术、健美操、中国舞等，自选。米兰报的是少儿形体。

下午上完一节课，全体同学排好队，手拉手，出东坡路校门。穿过马路，沿庆春路走小小一段，便进入西湖景区，湖光山色，尽收眼底。沿湖行走十多分钟，就到了少年宫。

二年级，米兰还报了一个学校开的"生存训练"课，学习的内容相当有用："地铁安全""地震逃生""火场脱险""电梯故障""防空警报的认知"……每学一课她都要急于向家人传授。

以上都是"每日一句"的好素材，而且，一句话哪里写得完？于是，一句话的建筑材料，就渐渐地搭起城堡来了。

自然课老师布置观察小动物。

"我观察的动物是蝈蝈，它是一种昆虫，它爱唱歌，爱吃毛豆、胡萝卜。雄蝈蝈会叫，是因为它的身体里有小话筒；雌蝈蝈其实也会叫，只是雌蝈蝈身体里没有小话筒，我们听不见。"

"今天我到二（6）班门口准备上课（注：兴趣

课），但是二（6）班还有人没放学，我就在门口等。
这时发现有人到二（6）班隔壁的小花园里采花。听
别人说，这花是二（5）班种的呢。"

"今天爸爸烧了臭豆腐，简直太臭了，我快窒息
了。我还以为家里来了一只臭鼬。"

"今天爸爸在喝60度的白酒，他说能点燃，我不
信。爸爸拿出打火机，真的点燃啦！最后爸爸又拿出
一张纸，把火扑灭了。"

错错错

一年级下学期，米兰放学路上对外婆说："今天到张老师办公室去了四次，张老师的练习纸都快被我用光了。"

张老师是米兰的数学老师，一米八几的阳光大男孩，少先队大队辅导员，排球老师兼教练。米兰家的窗口看下去，天长小学的操场上，常常能看见张老师的矫健身影，带着一帮孩子雀跃驰骋。

"去了四次，为什么？"

"今天做竖式练习，张老师一定要全对才能通过。我每次都错一点点，做到第五次才全对。"

"哦，你有没有哭?"

"当然没有!"

上小学之前，几乎没有"错"这个概念，一切都受到鼓励，一切都是成长的过程。

幼儿阶段的最后一个夏天，米兰报了少年宫的"学前综合"班。之前尽管也报过这班那班，但正式的小学课程是没有涉足过的。有一天放学，同学一个个出来了，不见米兰。从窗口看进去，米兰埋着头，一手订正，一手抹泪，一把接一把。

一旦成了小学生，一个红笔的叉叉，就把"错"实实在在地摆放在了孩子面前。错了就是错了，要订正。

米兰是个不按常理出错的孩子。有时对得很轻松，连得优双星;有时错得很离谱，比如那次，连错四页练习纸，老师办公室进进出出像串门一样。

回到家写"每日一句":"今天数学课做竖式练习。第一次我写错一个数字，第二次漏掉了进位点，第三次位数没对齐，第四次又漏掉了进位点，第五次我终于完成了!"

外婆建议后面再加一句。

"加一句什么?"

"加一句,今后要更认真、更仔细什么的。"

米兰"哦"了一声,埋头写。唰唰写完,外婆一看差点昏厥,她写的是:"我很开心!"

"你一错再错还开心个啥?"

她强词夺理道:"一下子做对,也很平常,错了很多次才做对,特别的开心。"

外婆被气笑了,也被感动了。米兰虽然错了又错,却并没有留下心理阴影。既严格要求又耐心亲切——这就是好老师。

黄老师有个女儿,2021年也上一年级,在平行年级的另一个班。黄老师同步带班,孩子成了她的学生,学生又何尝不是成了她的孩子。

而年轻的张老师在与家长沟通时,挂在嘴边的是"我姐的孩子"。他从外甥女身上寻找对付孩子的体验和办法。如果说黄老师成了孩子的妈妈,张老师就成了孩子的娘舅。

事实上,他们是比亲妈和亲娘舅更称职的。遇到连连出错的情况，亲妈和亲娘舅老早喉咙变响、翻脸不认宝贝了。

拼音，是南方孩子的弱项，翘舌不翘舌，前鼻后鼻，找不着规律，靠死背。然而米兰错得最多的不是这些，而是"b""d""p""q"，写反。

米兰外婆为米兰量身定制了一节拼音体操，两条手臂上下左右四个动作，对应以上易错字母。早也练晚也练，有所改善，但无法绝迹。

外婆愁得晚上睡不着觉，坚持要去儿童保健医院挂个"学习障碍"的名医号。

米兰爸妈笑笑，"随你"。后来他们说："这个专家号，其实治的不是米兰，是外婆。"

可不是？

"学习障碍"检查耗费约两小时，一大摞填表，小孩填，大人也填；一大堆测试题，小孩做，大人也做。诊断结果，智商没问题，字写反，只是还没有脱离"镜像书写"的阶段。

"镜像书写"是这个年龄段孩子的常见现象，因视觉发育尚未完全而已。对于家长，只需耐心，再耐心。

说说容易，做到难。否则网上就没有那么多辅导娃学习气出大病的段子了。

对此，米兰自己是在意的。二年级上的一篇日记中说："我把'无边无际'的'际'写成了'迹'。我查了字典，它们是同音字，意思完全不同。'际'是'交界或靠边的地方'，'迹'是脚印，不能混为一谈。"

黄老师给了三颗星，并且第二天让米兰做了同学的小老师。

插一句，自二年级始，米兰的"每日一句"升级成为正式日记，回头翻翻，"忏悔"的内容有点多。

"昨天我压力很大，因为考了两场试，我怕自己考砸了。今天我压力更大，因为真的考砸了。尤其是作文审题错误，扣了八分……"

作文题是"写我的爸爸或者妈妈"，结果米兰吭哧吭哧，把爸爸妈妈都给写了。

老师规定写作文时，没学过的字可以拼音代，学过的则必须写出汉字，否则算错。米兰遇到吃不准的字，就用拼音代了，振振有词："没学过！"

为此米兰给外婆的手机上下了个软件，能显示某个字是几年级哪篇课文中的生字。

查到没学过的，她口气很硬："是吧，我说没学过吧。"查到学过了的，闷声不响。

有一天，米兰痛下决心，把一些易错字写在小纸条上，贴在书桌上方抬头看得见的地方，并在下面写道："米兰，叻油！"

哭笑不得。

同窗好友

开学第一周，米兰就回家汇报说，交了两个好朋友。

米兰自小性格内向，遇到成人，眼睛扑闪扑闪，小脸紧绷，没有笑意。哪怕是家中长辈，见过几次的，也要过个个把钟头，才慢慢熟络起来。

小朋友之间则不然。还在上幼儿园之前的亲子班，就交了个好朋友杨杨。

杨杨的父亲是一家大酒店的餐厅经理。那年春节，米兰的爸妈、外婆、舅公等大家庭聚会，大圆桌人数众多。席间有人问，今年订餐是谁的关系？答曰："米兰的同学。"大家惊讶。

杨杨成了米兰从三岁到三年级的好朋友。

专家都说，小学开始的人际交往就很重要了，支招一二三，卡耐基啦，情绪价值啦……其实真不必如此刻意。

米兰经常回家说交了朋友，春游回来交了个朋友，上个兴趣班又交了个朋友。

米兰爸妈挺开心。"朋友"是个内涵最丰富庞杂的词儿，尽管不同年龄段、各色人等对朋友的理解完全不一样，但无论如何，总是相处得好才能称之为朋友吧。孩子也决不会弄错的。

不料小学阶段的第一个冬天来临时，一天，米兰回家说："被同学打了。"妈妈和外婆大惊失色，问："打坏了没?""没。""打痛了没?""没。""告诉老师了没?""没。"神情颇平静。

再细问，是她的两个好朋友，两个小男生。一个在操场上等，一个把米兰喊出去，然后不知怎么一来，米兰就倒地了。

米兰说："本来某某和我很好的，今天也不好了，为什么他要喊我去操场？"

幸好冬天穿得厚实，身上一点没事。

在外地出差的爸爸听说了，打算连夜赶回来，去与对方家长论理。父亲最见不得女儿吃亏。上小学前，爸爸连夜赶回来只有一次，米兰肺炎住院。

第二天正好是学校组织的"丛林探险"活动，家长都要参加。妈妈劝住了爸爸，明天遇到对方家长，了解一下情况再说吧。

第二天，"丛林探险"攀高爬低，惊险又刺激，欢乐的尖叫此起彼伏，妈妈都忘了这事。紧接着又是双休日，这件事就搁置了。

过了一段时间，米兰说同学生日，自己被邀请了。哪个同学？米兰说了一个名字。啊，不就是上次打你的那个？米兰说，他已经向我道歉了，我也原谅他了。我们还是好朋友呀。

二年级的暑假，米兰要参加为期一周的荒岛生存夏令营，同行的是米兰的好朋友融融。离开家独立生活，两个小女生有伴。

这个夏令营两人形影不离，领队发回来的照片上，无论登山涉水、钻木取火、结绳捕鱼，每一张都是两个人勾肩搭背、笑靥如花。

开学了。外婆接米兰放学，见一个女孩擦身而过。

"那不是融融吗？你怎么不和她打招呼？"

米兰说："我们已经绝交了。"

"啊，为什么绝交？发生了什么？"外婆着急追问。

米兰却异常平静："外婆，这个你就不要管了，我们小孩子的事情，我们自己解决。"

外婆不响。她是对的。尽管如此，外婆还是在放学路上刻意留心。果然，好长一段时间，她们互不理会。

又一个学期快结束的时候，米兰忽然说起了融融，很开心的样子。

"你们和好了？"

"是的。"

"那当初是为什么绝交？"

"我忘了。"

忘了就好。

三年级上学期开学不久，班级有了各司其职的班干部。米兰的职务是小队长，下辖六个人。

当小队长让米兰与同学的关系处理成熟了许多，用她自己的一篇日记来说吧：

小队长

2023 年 11 月 27 日，星期一，晴。

两个月前，我荣幸地当上了小队长。我现在去上学，不仅仅是上课，还多了一份责任。

我们的组员都很优秀，其中有四个课代表，还有一个副中队长呢，唯一让我头痛的就是过于活泼的某某某同学了。

课间，他没做课前准备，我想去提醒他，结果他拔腿就跑。他跑得实在是太快了，我追也追不上他。没想到他直接跑向了男厕所，在下楼梯时快得就像滚下去一样。我灵机一动，找了个男生，把他从厕所里揪了出来。我和那个男生一起把某某某带回了教室，他终于做了课前准备。

现在他终于养成了好习惯，我们组连续多次拿了第一名。

二年级某天，妈妈在家校联系本上和老师沟通："问米兰是不是要参加天长榜样星的评选，听说要演讲，她就害怕放弃了，还是有些放不开。"

黄老师答复："好的，收到。还有机会！"

天长小学每学期都要评选"白天鹅"奖，相当于三好学生。评"白天鹅"奖同样需要经过个人申报、向全班同学陈述申报理由、同学投票、老师投票等程序，还需在期末考中获得全优的成绩。

三年级上的"白天鹅"评选拉开序幕，米兰表示，要去参评。

　　在妈妈的协助下制作了PPT，陈述的那天，大屏显示，手动操控，娓娓道来。末了，"希望老师、同学投我一票。"弯腰鞠躬，相当诚恳。

　　当场投票。

　　放学路上外婆问："你觉得有没有希望？"

　　"有！下课我问了11个同学，十个投了我，只有一个说忘了。"

　　"啊，你居然直接问？同学会很为难的吧？"

　　"不为难啊。外婆你不懂的。"

　　期末考成绩优秀。米兰入学天长小学两年半，终于评上了"白天鹅"奖。

天地万物

苍蝇问道："蜜蜂，为什么人类那么喜欢你，而不喜欢我？你看，我和你一样也有翅膀，飞起来也会嗡嗡的叫。可人类见到我们就想打死我们。"

蜜蜂答道："因为我给人类带来的是甜蜜和美好，而你在肮脏的地方飞来飞去，浑身粘满细菌，会给人类带去疾病，带去灾难。所以人类要消灭你们。你听懂了吗？"

苍蝇惭愧地低下了头⋯⋯

这是米兰二年级接触到的一篇阅读理解小短文。要求回答："你应该对苍蝇说什么?"

米兰答:"苍蝇,你这样做虽然很不好,但那是你的天性,很可能改不掉了。"

这个回答和标准答案不太一样。但对天地万物,不同的人不同的年龄段,有不一样的理解,才是对的。

孩子的思维是海阔天空的。米兰常说:"我的脑子里在想很多你们不知道的事。"

有时也会让你知道点儿。看了动画片《大鱼海棠》,米兰对外婆说:"这个有点像《红楼梦》啊。"

外婆问:"哪里像?"她说:"湫喜欢春,春却喜欢鲲。鲲是一个人,他们也不能在一起啊。"(注:湫、春都是鱼)

外婆的回答有点敷衍:"书啊、电影啊就是这样的,搞来搞去的。"

米兰不理会外婆的敷衍,继续说出自己的观感:"这不是和贾宝玉、林黛玉一样吗?喜欢的人总是不能在一起。"

三年级上，学习到"未"字，组词"未来"。米兰坐在她做作业的小书桌前侧头问："外婆，你的未来是怎么样的？"

外婆答："我的未来么，大概就是现在了。"

米兰说："那我的未来会怎么样？"

没等外婆回答，她说："也许我86岁时，还坐在这个地方，靠着这个窗台，本子还放在这个桌子上……"

说罢转身，飞快写作业。

二年级下，看图写话。三年级，正式写作文。米兰还报名了《都市快报》"快乐的狮子社"，是个专对小学生的写作团队。

文章还没写出一篇，她先操心："蔡米兰的名字前，应该写个什么朝代？"以她的学习经验，"唐·李白"、"宋·杨万里"……总该有个朝代才对。

米兰外婆和妈妈的工作都需要写文章，但辅导作文还真是没辙，幸好学校的作文练习是很规范且有章可循的。

先下发一个表格：想写谁，他的外貌，他的性格，他做的事（要求具体、生动），可以用的词儿、

300

成语……

填完表格，老师批改一遍，不合格的修改至合格为止。

第二步，根据表格写人物。内容有了，层次有了，词句有了，依样写来，大致能像样。

第三步，提出要求，发回修改，并展示优秀作文为样板。

将最后的定稿誊抄在正式的作文本上。

米兰外婆和妈妈都对这样的教学方式深感佩服。是的，孩子脑子里的想法飞来飞去，上天入地，选择、归纳并清楚地表达，需要训练。

不要担心这会僵化孩子的思路，因为与此同步的是另一种绝妙的写作方式——流动日记。

五个小朋友一队，自愿组合，自取队名。共用一本流动日记本。周一至周五，每人写一天。次日，老师在群里张贴并奖励星星，最高 5 星。所有孩子及家长都能即时看见。

米兰的小队叫"西瓜小队"。米兰第一个写，题目是《三年级》。黄老师评语："三年级的变化，在你眼中是那样鲜明、跳动，读着你的日记，我都很激动。加油吧，孩子！"给了5星。

看过自家孩子的，又看别家孩子的。流动日记也是一篇作文，但题材不限，五花八门。学街舞，看球赛，饭桌上的小游戏，家里养的小宠物，班级里发生了什么事……天地万物，皆入眼入心入文章。

有个同学写班干部竞选："原本我想报的是小队长，但是爸爸鼓励我冲一下班长。……轮到我演讲时，我刚说完'我竞选的岗位是班长'，同学们都'哇'了起来。后来我才知道，原来只有我一个人竞选班长……"

黄老师的评语："你的日记让我想到了拿破仑曾说的，'不想当元帅的士兵不是好士兵！'为你的勇气鼓掌，更期待看到你的实际行动。加油！"给了5星。

本子流动到米兰手里，她会把同学的所有日记先看一遍，评判一番，时而大笑，时而发现一个错别字，时而大受启发地说："嗯，原来这也可以写。"这个启发肯定不止米兰有，所有同学、家长都得到了启发。

小队的同学你追我赶，都想为自己队争得更多的星星。小队与小队竞争，看谁写得更出彩。有同学请假，另一个帮着写。

神奇的流动日记！

有一个小童话，写雪人、兔子和小鸟互相帮助的故事。阅读理解题是：雪人、兔子和小鸟的幸福是那么简单，请你写一写你的幸福。

米兰答："1. 幸福是跟爸爸妈妈出去玩；2. 幸福是看一本好看的书。"米兰的幸福也很简单。

后记　所谓早教

　　米兰一出生，我就退休了。

　　到 2024 年 6 月 6 日，米兰满九周岁。眼下在杭州市天长小学就读三年级。

　　从她满月的那天开始落笔，我用 61 篇文章，同步记录了米兰从出生到上小学的人生。

　　她九岁，我就写了九年。

　　一个人是如何变成一个人的？

　　我自己经历过，却毫无记忆，每个

人都如此。

　　我生养过一个孩子，但几十天产假一满，我就上班去了，接下来的日子，由婆婆、妈妈、丈夫、保姆、托管阿姨，包括我自己，各管一段。彼时在文具店上班的我，朝八晚六，晚上带小孩，睡眠不够，骑着自行车都会撞到墙上。当然无暇细察。

　　而现在，是个好机会。我心无旁骛，与小人儿朝夕相处，看见的是一个人最初的模样。

　　初见时，她尚处于完全的黑暗混沌之中，就像种子刚刚破土，虽然已经有了将来长成参天大树的一切基因，但她还在沉睡。

　　她的听觉、视觉、触觉、味觉……渐次被唤醒，自不知起始的远方，一步步走近。

　　我看着她，怎么打开各个感官，怎么接收外界信息，怎么学习使用肉体，一点一点，学会看、听、说、行动、思考、记忆……我看见一个人最初的努力，艰辛而快乐，带着隐秘的喜悦，很有成就感，很有趣。

　　可以说，最初记录的，不仅仅是米兰，而是所有的人，最初的样子，最初的成长。

每个人长着长着，就长成了她自己。

本来准备写到上小学就停手。不料小学"啪"地打开了一个人的天地，如此新鲜阔达。她开始脱离家人怀抱，独步天下，去认识人，接触事，很多时候她的口头禅是："这个不用你管吧。"

有一天，她受邀去同学家晚餐，到了本该回家的钟点，米兰妈妈接到一个电话："妈妈，今晚我要晚点回来，你不用担心。"心一惊，长大的节奏，这就开始了吗？

她上的天长小学就是我上的天长小学，原址。因为地处杭州市中心紧邻西湖的黄金地段，难以扩张，大门也还是小小的，像个小学应有的模样。

天长小学是米兰的家长共同选择的，买了昂贵的"学区房"。不是"卷"，是因为合适，天长小学倡导的"差异教学、快乐学习"理念，适合米兰。

早教，就是顺应孩子的成长节奏，选择适合孩子的一切。早教，就是父母与孩子一起成长，做一个好的家长。

想起数年前的一幕。

双休日，我去超市购物，收银处排起长队。

带小孩子的不少，幸好超市想得周到，辟有一方"儿童乐园"。滑梯，泡泡球，还有一排投币的电动游乐机，造型可爱。奔马、火箭、飞机……

有个孩子坐上一架小飞机，妈妈陪在一边，像母鸡一般张开双手，很小心地护佑着，生怕他太兴奋了摔出来。

孩子问妈妈："自己乘坐的是什么航班？"妈妈说："好了好了"。孩子问："飞机飞往哪里？"妈妈说："吵死了吵死了"。时间到了，孩子不肯下来，说这是"国际航班"，目的地还没到呢，要妈妈继续投币。妈妈厉声说："这孩子是不是有病啊。下来！"

妈妈最后一句说得很大声，排队的顾客大概都听到了，孩子"哇"地一声哭起来。

边上一个孩子是爸爸带的。骑的是"大马"。

"儿子，你的马是在草原上吗？""不是。""是在高山上？""不是啦。""那么是天马了，天马行空对不对？""爸爸你太有想象力了，天马是神话里的。你没看见吗，我的马很高大，是红色的，我每天喂它吃草。我是个勇敢的轻骑兵！"

坐这些小游乐机的孩子，最多三四岁吧。如今三四岁孩子，已经见多识广，因为家长争先恐后的早教。

可是超市里看到的一幕，才是真正的早教吧。早教渗透在孩子成长路上的点点滴滴，不是吗。

感谢我的女儿和外孙女。

感谢朝晖幼儿园的老师，感谢天长小学的老师。

感谢我的编辑黄政一。

有了你们，这本书得以顺利出版。

莫小米

2024 年 3 月

308